Thomas Gelfert

TESTAMENT7

Das Buch der Wahrheit

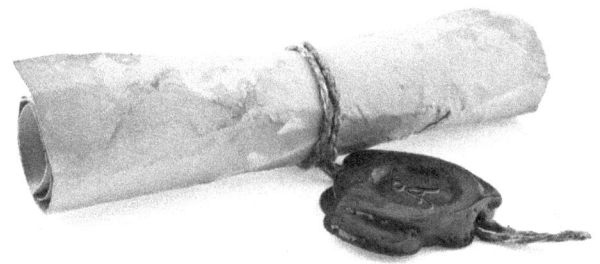

Thomas Gelfert
Testament7: Das Buch der Wahrheit

Best.-Nr. 271 582
ISBN 978-3-86353-582-7
Christliche Verlagsgesellschaft Dillenburg

Best.-Nr. 170 122
ISBN 978-3-85810-497-7
Verlag Mitternachtsruf, www.mnr.ch

Die Bibelstellen wurden zitiert nach:
Elberfelder Bibel 2006
© 2006 by SCM R.Brockhaus
in der SCM-Verlagsgruppe GmbH, Witten/Holzgerlingen.

1. Auflage
© 2019 Christliche Verlagsgesellschaft Dillenburg
www.cv-dillenburg.de
Umschlaggestaltung: Thomas und Claudia Gelfert
Satz und Illustration: Thomas Gelfert
Umschlagmotiv: © Thomas Gelfert
Druck: GGP Media GmbH, Pößneck
Printed in Germany

Inhalt

Hoch konzentriert ging Paul noch einmal jeden Meter der Rennstrecke durch. Gedanklich setzte er hinter jedes Hindernis einen Haken. Nervös ergriff er den Lenker und ließ noch einmal einen prüfenden Blick über sein BMX-Bike gleiten. Alles fit. In diesem Augenblick hörte er eine Stimme neben sich:

„Hey, Kleiner!" Ferdinand, der Chef der Schlangenkopf-Clique, grinste Paul hämisch an. „Du musst mich nur besiegen. Dann können wir Freunde sein. Sei schneller als ich, und du wirst Mitglied bei den Schlangenköpfen."

„Haha, der war gut", lachte der dritte Fahrer. „Besiegen. Der Kleine muss es erst mal bis ins Ziel schaffen."

„Wir werden ihm schon zeigen, wie die Großen das machen", fügte der Vierte an.

„Was sind das nur für arrogante Typen!", murmelte Paul. „Die werden sich noch wundern."

In den vergangenen Wochen hatte Paul jede freie Minute mit seinem BMX-Bike trainiert, um für das große Rennen fit zu sein. Dieses Rennen, quer durch seine Heimatstadt, war seine Eintrittskarte zur angesagtesten Clique der ganzen Schule. Wenn er das schaffte, hätte er endlich Freunde und Anerkennung. Dann hätten sich diese ganzen Mutproben der vergangenen Wochen wenigstens gelohnt. Paul wurde es gleich wieder übel, als er daran dachte, wie er eine Nacktschnecke hatte essen müssen.

In diesem Moment postierte sich ein Mädchen der Clique frech grinsend vor die Fahrer und rief laut:

„Achtung! Fertig! Uuuuuunnddd LOS!"

Wie vom Blitz getroffen sprang Paul in die Pedale und radelte los. Neben ihm fuhr Ferdinand, dicht gefolgt von seinen zwei Kumpanen. Als Erstes fuhren sie in Richtung Schule, um kurz davor in den Stadtpark abzubiegen. Hier gabelte sich der Weg. Paul fuhr links, seine drei Gegner bogen rechts ab. Er schaute kurz zurück. Das war ein Fehler. Gerade als er den Kopf wieder nach vorn drehte, sah er einen Ast auf sich zukommen. Paul konnte gerade noch so ausweichen, verlor aber das Gleichgewicht und krachte ins Gebüsch.

„Ahh!", schrie er wütend. „So ein Mist!" Schnell rappelte er sich wieder auf und fuhr weiter. Als die Wege sich wieder vereinten, fuhren die drei anderen gerade kurz vor ihm auf den Hauptweg.

„Na? So langsam?", spöttelte einer der anderen, während Paul versuchte aufzuholen. „Du kriegst uns ja doch nicht. Oh, schaut mal, der kleine Paul will uns überholen." Dabei machte er schlaksige Bewegungen mit seinen Armen und Beinen. Doch er übertrieb es. Auf einmal geriet sein Bike so stark ins Schlingern, dass er seinem Kumpel voll ins Rad fuhr. Mit lautem Fluchen krachten beide in eine Matschpfütze.

„Hihi", lachte Paul im Vorbeifahren, „geschieht euch recht, ihr Dumpfbacken."

Jetzt war nur noch Ferdinand übrig. Doch wo war er? Nach der nächsten Kurve konnte Paul ihn wieder sehen. Ferdinand war ganz schön weit vorausgefahren. Paul trat in die Pedale, als hinge sein Leben davon ab. Der Schweiß rann ihm übers Gesicht. Langsam holte er auf. Als Ferdinand bemerkte, dass sein Gegner näherkam, rief er nach hinten:

„Hey, Kleiner! Gib dir keine Mühe. Seit Jahren hat mich keiner mehr geschlagen. Du müsstest schon ’nen total abgefahrenen Trick draufhaben, um mich zu kriegen."

Paul kam näher. Immer näher. Sein Puls raste. Er war eins mit seinem BMX-Bike. Eins mit der Rennstrecke. Niemand konnte ihn jetzt noch aufhalten.

Langsam erkannte Ferdinand, dass er seinen kleinen Gegner unterschätzt hatte. Er trat stärker in die Pedale. Der Abstand zwischen den beiden Bikern vergrößerte sich wieder.

„W... Was?", hechelte Paul. „Der Kerl ist einfach zu schnell." Während er erneut versuchte, seinen Gegner einzuholen, dachte er fieberhaft nach und ging die restliche Strecke im Kopf durch. Da kam ihm eine Idee. Eine wahnwitzige. Sie verließen gerade den Park und steuerten das Gelände des Heizkraftwerkes an. Ferdinand lenkte rechts ein, gab Gas und düste wie ein Wilder unter den Stahlträgern hindurch, über die Eisenbahnschienen und über die Sandgruben.

Paul bog kurz vor dem Gelände links ab und fuhr auf ein großes Stahlgerüst, das fast das ganze Betriebsgelände überspannte und die Warmwasserleitungen trug. Das war eine gefährliche Route da oben. Der Stahlträger, auf dem Paul entlangraste, war keinen halben Meter breit. Eine falsche Bewegung und er würde abstürzen. Doch daran dachte er jetzt nicht. Er hatte nur das Ziel vor Augen. So schoss er über Ferdinand hinweg, der unten seine Strecke abfuhr und nicht bemerkte, was über ihm geschah. Am Ende des Stahlträgers führten die dicken Wasserleitungen schräg nach unten. Da zwischen den Wasserrohren eine Verbindungsplatte eingebaut war, konnte Paul problemlos nach unten rollen. Kurz vor dem Ende der Rohre nahm er Schwung und sprang ...

Doch genau in diesem Moment kam Ferdinand vorbei. Er sah nicht, wie Paul angesprungen kam. Paul flog direkt auf ihn zu und schrie:

„ACHTUNG! Ich komme!"

Ferdinand riss den Kopf herum. Zu spät. Paul krachte mit seinem Vorderrad auf Ferdinands Hinterrad, sodass dieser wegrutschte und schließlich stürzte.

Paul gab Gas und rief noch über die Schulter:

„Wir sehen uns – im Ziel!"

Ungläubig schaute der verdatterte Ferdinand Paul nach, wie er davonraste. Sofort richtete er sein BMX-Bike wieder auf und jagte seinem Gegner nach. Völlig außer Atem verließ Paul das Betriebsgelände, durchquerte in hohem Tempo einen Fußgängertunnel und steuerte den Vorplatz des Jugendklubs an. Das Ziel war schon in greifbarer Nähe. Da schrie Ferdinand wütend von weiter hinten:

„Ich krieg dich, du kleiner Mistkerl!"

„Nichts da", keuchte Paul und ratterte die breite Parktreppe hinab. „Platz da! Aus dem Weg!", schrie er, um die Passanten zu verscheuchen.

Jetzt konnte Paul die Ziellinie schon erkennen und die vielen Kids, die sich neugierig versammelt hatten. Er hatte es fast geschafft. Da holte Ferdinand weiter auf. Paul gab noch mal alles. Mit letzter Kraft sauste er ins Ziel: ERSTER! Zwei Fahrradlängen vor Ferdinand.

„Sieger!", jubelten alle laut. „Der kleine Paul ist Sieger!" Fix und fertig rutschte Paul von seinem Bike und ließ sich auf den Rücken fallen, streckte alle Viere von sich und genoss die Jubelschreie.

„Sieger!", hauchte er. „Geschafft."

Nachdem die übrigen Fahrer, zwei davon total mit Schlamm überzogen, endlich eingetroffen waren, fand die Siegerehrung statt. Paul rappelte sich wieder auf.

Zögernd steuerte Ferdinand auf Paul zu, mit einer Mischung aus Wut und Verwunderung. Zerknirscht nahm er Pauls Hand, streckte sie in die Höhe und rief:

„Der Sieger des diesjährigen Schlangenkopfrennens ist ...", er zögerte, „der kleine Paul." Wieder ertönten Jubelschreie und tosender Beifall. Eigentlich wurmte es Paul immer, dass man ihn damit aufzog, dass er so klein geraten war. Was konnte er denn dafür? Doch in diesem Moment störte ihn das gar nicht. Heute war der kleine Paul ganz groß.

„Du hast mich tatsächlich besiegt", grummelte Ferdinand halblaut. Es war unfassbar. „Gemäß der Tradition bist du ab heute ein offizielles Mitglied der Schlangenköpfe." Wieder ertönten Beifall und lauter Jubel.

„Hier, dein persönliches Schlangenkopf-T-Shirt."

Nachdem Ferdinand seine Pflicht getan hatte, verschwand er ganz schnell, zusammen mit seinen beiden Schlammbrüdern. Paul ließ sich noch eine Weile feiern und beschloss dann, nach Hause zu fahren. Es wurde inzwischen dunkel. Seine Eltern mochten es nicht, wenn er so spät noch mit „zwielichtigen Leuten rumhing", wie sie es auszudrücken pflegten.

Kaum zu Hause eingetroffen, erwartete ihn bereits seine Mutter und begrüßte ihn fröhlich. „Na, Paul? Hast du einen interessanten Tag gehabt?"

„Ähm, ja. Irgendwie schon", druckste er herum und konnte sich ein Grinsen nicht verkneifen. Seine Mutter hatte ja keine Ahnung. Doch sie war neugierig, legte den Kopf leicht zur Seite und schaute ihren Sohn herausfordernd an.

„Schickes T-Shirt. Das kenne ich noch gar nicht", bemerkte sie fast nebenbei.

„Nun ja, ich ... also", Paul fischte nach Worten, um es möglichst harmlos klingen zu lassen, „ich hab 'nen neuen Rekord aufgestellt."

Mutters Augen wurden groß. „Und zwar?"

„Ich ähm ... ich bin der Jüngste und Kleinste, der jemals beim Schlangenkopfrennen gewonnen hat", verkündete Paul stolz.

Mutters Augen wurden größer. „Und ... weiter?" Sie wagte kaum zu fragen.

„Wir sind bis kurz vor die Schule, dann durch den Park, quer durchs Heizkraftwerk und schließlich mitten über den Marktplatz zum Jugendklub gefahren", erklärte Paul aufgeregt. Seine Mutter musste sich setzen. „Weißt du, Mom, im Park war es noch ziemlich eng. Da lag ich knapp hinten. Aber im Heizkraftwerk bin ich über das Gerüst der Wasserleitung gedüst und hab Ferdinand überholt."

Mutter schnappte nach Luft. „Du bist WAS?"

„Yeah, das war voll cool, ey." Stolz verschränkte Paul die Arme und grinste seine Mutter an, die inzwischen blass geworden war. „Hey, Mom. Geht's dir nicht gut?", fragte er besorgt.

„Warum ...", Pauls Mutter schnappte nach Luft, „hast du das getan? Das war doch total gefährlich! Du hättest dich ernsthaft verletzen können, mein Junge."

„Tja, Mom. Ganz einfach: Das Rennen war die Aufnahmeprüfung. Ab heute bin ich offiziell Mitglied der Schlangenköpfe, der coolsten Clique der Schule." Mit diesen Worten plusterte er sich auf und zeigte stolz auf sein T-Shirt, das eine kunstvoll gesprayte Schlange zierte.

Mutter schluckte einen dicken Kloß runter, als Pauls Vater gerade zur Tür hereinkam. „Ah, hallo Paul. Schön, dass du da bist. Wie geht's dir?" Ohne eine Antwort abzuwarten, fügte er an: „Heute ist ein wichtiger Tag, mein Sohn."

„Ja, voll cool, Dad, dass du das auch so siehst. Mom ist schon ganz sprachlos, weil ich Ferdinand besiegt habe und jetzt bei den Schlangenköpfen bin."

Vater wollte sich gerade hinsetzen. Er hielt inne und schaute Paul von schräg unten an. „Oh, so ist das." Auf einmal wurde er merkwürdig ernst. „Weißt du, das, was wir heute miteinander besprechen müssen, ist ..." Auf einmal rang er nach Worten. Das passierte sonst eher selten. „Also, es wird dir vermutlich nicht gefallen."

Langsam wurde es Paul mulmig zumute. „Was meinst du, Papa?"

„Setz dich doch erst einmal hin", bat sein Vater ihn und deutete mit der Hand auf die Couch. In diesem Moment kam Lisa, Pauls kleine Schwester, angehüpft und hopste auf Papas Schoß. Etwas irritiert ließ Paul sich in den Sessel sinken. Er hatte absolut keinen Schimmer, was ihn nun erwartete.

„Wie du weißt", begann sein Vater, „bin ich in den letzten Jahren recht häufig unterwegs gewesen. Ich war viel auf Geschäftsreisen und besuchte wichtige Tagungen. Ich vergrub mich regelrecht in meiner Forschungsabeit. Als ich im letzten Jahr gleich mehrere Ausgrabungen begleiten musste, fand ich kaum noch Zeit für meine Familie – für euch."

„Was für 'ne Erkenntnis", grummelte Paul.

„Hör mal, Paul. Ich musste doch Geld verdienen. Und das waren wirklich wichtige Projekte." Vater versuchte mal wieder, seinen Sohn zu beschwichtigen. Erfolglos.

„Ach, komm schon. Du bist doch nicht der einzige Vater mit diesem", Paul schrieb mit den Fingern Anführungszeichen in die Luft, „Problem."

Pauls Vater senkte demütig den Kopf. „Ja, du hast recht. Und es tut mir aufrichtig leid. Das ist auch der Grund, weshalb ich, oder besser gesagt: deine Mutter und ich, eine Entscheidung getroffen haben. Vor einigen Monaten wurde ich an die Münchner Universität berufen und werde dort ab Sommer fest angestellt sein."

„München? Wow, das ist ja gleich um die Ecke", spöttelte Paul. „Da ist dein Arbeitsweg ja gleich viel kürzer. So, um die plus fünf Stunden vielleicht?"

„Deshalb werden wir", Pauls Vater machte eine dramatische Pause, „was ich sagen will ... wir werden ..."

Plötzlich sprang Paul auf und schrie: „Umziehen?"

Pauls Mutter zuckte zusammen. Dann nahm sie behutsam Pauls Hand, um ihn zu beruhigen. „Paul, wir haben uns das lange und reiflich überlegt. Wenn wir in die Nähe von München ziehen dann ..."

Paul stieß Mutters Hand zurück, „NEIN! Das kommt überhaupt nicht infrage. Niemals!" Paul stapfte empört im Wohnzimmer auf und ab. „Ich habe die ganze Grundschule lang und das erste Jahr im Gymnasium gebraucht, um endlich jemand zu sein, um Freunde zu finden. Ich bin der Sieger im BMX-Rennen!" Fast schon schreiend fügte er an: „Und ich bin jetzt ein Schlangenkopf!" Wütend rannte er hinaus. Hinter ihm krachte die Tür seines Zimmers zu.

„Paul", rief seine Mutter halblaut hinterher. Pauls Vater stand langsam auf und seufzte. „Lass ihn. Er wird schon wieder. Das muss er jetzt erst mal verdauen."

Am nächsten Morgen mahnte der Wecker mit seinem schrillen Klingeln, aufzustehen. Paul verkroch sich unters Kissen. Er wollte nicht. Am liebsten nie mehr aufstehen. Aber der Wecker klingelte immer weiter. Gezwungenermaßen quälte er sich aus dem Bett und schlug auf den Wecker ein, bis er klein beigab.

„Endlich Ruhe", stöhnte Paul. Kurz darauf kam seine Mutter zur Tür herein und kündigte fröhlich an, dass das Frühstück gleich bereit sei. Wiederwillig stand Paul auf und schlurfte verschlafen ins Badezimmer. Im Spiegel blickte ihn ein total zerknautschter Schlangenkopf an.

„Ach, bäh. Lass mich", sagte Paul zu seinem Spiegelbild. Unwirsch klappte er den Spiegel weg und wusch sich das Gesicht mit kaltem Wasser. Fast sofort war er wach.

Als er später mit seinem BMX-Bike in die Schule fuhr, dachte er zunächst gar nicht an seine gestrige Leistung. Ihm ging der letzte Abend immer und immer wieder durch den Kopf. Umziehen. Weg von hier. Nach München.

Er erreichte gerade die Schule und stellte sein Bike am Fahrradständer ab, als er bemerkte, wie ihn alle anschauten. Manche grüßten ihn. Das hatte er noch nie erlebt. Er wurde zum ersten Mal wahrgenommen. Was für ein Gefühl! Vor dem Haupteingang hatte sich eine Traube Schüler gebildet. Als Paul auf sie zukam, machten sie ihm Platz und schufen eine Gasse. Einige klopften ihm auf die Schulter und raunten ihm zu:

„Hey Paul, super Sache, gestern."

Ein anderer meinte: „Das hat seit drei Jahren keiner mehr geschafft. Du bist jetzt berühmt."

Pauls Brust schwoll an. Berühmt. Wow! Beim Betreten des Klassenzimmers bemerkte er eine erstaunliche Stille. Sogar Ferdinand, der sich in die hinterste Ecke verdrückt hatte, war bemerkenswert ruhig. Doch Paul kümmerte sich nicht darum.

Er genoss die Anerkennung, die man ihm entgegenbrachte. Für den Moment war er total happy. Während der nächsten Stunden drifteten seine Gedanken immer wieder ab. Es ging ihm einfach nicht aus dem Kopf, dass er all das, was er hier gerade erlebte, was er erreicht hatte, wieder zurücklassen sollte. Das konnten seine Eltern ihm unmöglich antun. Dagegen musste er etwas tun. Nur was?

Gerade sprach die Lehrerin von der Schlacht im Teutoburger Wald. „Schlacht, das ist es", dachte Paul. „Ich brauche einen Schlachtplan, einen Anti-Umzugs-Schlachtplan." Paul konnte es kaum erwarten, dass der Schultag endlich vorbei war. Er radelte nach Hause, verzog sich sofort in sein Zimmer und brütete seinen Plan aus. Er wartete noch, bis es draußen etwas dunkler wurde. Dann machte er sich ans Werk. Nachdem alles vorbereitet war, verdrückte er sich still und heimlich wieder in sein Zimmer.

Seine Mutter hatte ihn an der Küche vorbeigehen sehen und rief ihm hinterher: „Vergiss bitte nicht, den Müll rauszubringen, ja?"

Paul stöhnte. Doch plötzlich huschte ein Grinsen über sein Gesicht. Er hatte soeben einen Geistesblitz gehabt und murmelte: „Aber klar doch."

Spät am Abend kam Vater nach Hause. Es war schon dunkel. Komischerweise funktionierte heute die Lampe am Hauseingang nicht. Plötzlich stolperte er über einen Eimer, der mit lautem Scheppern gegen ein Blechgitter knallte.

„Argh, so ein Mist! Was war denn das?", schimpfte er. „Und was ist mit dem Licht los?"

Hinter dem Fenster stand jemand und lachte sich ins Fäustchen. Inzwischen hatte Pauls Vater herausgefunden, dass jemand die Glühlampe locker gedreht und den vollen Mülleimer mitten in den Weg gestellt hatte. Er sammelte den Müll wieder ein, ging damit zur Mülltonne und wollte den Deckel öffnen, konnte es aber nicht. Er klemmte. Fast so, als hätte ihn jemand festgeklebt. Pauls Vater umfasste den Griff des Deckels mit beiden Händen.

„Das Ding muss doch aufgehen", murmelte er, spannte seine Muskeln an, holte Schwung und – riss den ganzen Deckel ab.

„Ach, du Schreck", stammelte er, kippte den Müll in die Tonne und legte den Deckel vorsichtig oben drauf. „So was aber auch." Kopfschüttelnd ging er zum Hauseingang zurück. Er steckte den Schlüssel ins Schloss, drehte ihn und zog an der Türklinke.

„Nanu? Was ist denn das?" Völlig verdutzt hielt er auf einmal die Türklinke in der Hand.

„Wer hat denn da ...?" Vater konnte den Satz gar nicht zu Ende denken, als Mutter von innen zur Haustür kam, um nachzuschauen, was da so gepoltert hatte. Doch als sie die Türklinke ergriff und daran zog, machte es plopp.

„Hoppla!" Diesmal hatte es Mutter erwischt. Irritiert schaute sie in ihre Hand: Da lag die andere Klinke.

Paul, der das Geschehen mitverfolgte, lachte sich kaputt. Dabei rumpelte er versehentlich mit dem Kopf ans Fenster. Vater schreckte auf und sah gerade noch Pauls Kopf vom Fenster verschwinden.

„Aha", murmelte Vater zerknirscht vor sich hin. „Dieser freche Bengel." Zu Mutter gewandt rief er durch die geschlossene Tür: „Schatz, hol doch bitte einmal den Sechskant-Schlüsselbund aus der Werkzeugkiste im Keller und befestige damit die innere Türklinke wieder. Dann kannst du mir die Tür öffnen."

Pauls Mutter ging in den Keller und sah sich um. Sie schaltete das Licht ein, konnte den Werkzeugkoffer aber zunächst nicht sehen. „Na, so was. Wer hat denn hier umgeräumt?", fragte sie sich, als sie ihn hinten in der Ecke, ziemlich komisch zugebaut, entdeckte. „Wieso steht denn hier so viel Zeug herum?" Verwundert streckte sie sich, um den Kasten zu erreichen und griff zu. Das war ein Fehler. Kaum hatte sie den

Werkzeugkasten angehoben, klappte er unten auf, und alles fiel heraus.

„Perfekt!", dachte sich Paul, der das laute Scheppern und Klirren hörte. Jetzt wurde auch seine Mutter langsam ärgerlich. Sie hatte Mühe, die Sechskantschlüssel zu finden.

Zufrieden legte sich Paul ins Bett, verschränkte die Arme unter dem Kopf und blickte an die Decke. „Na, wenn das mal nicht hilft. Jetzt werden sich meine Eltern bestimmt noch mal überlegen, ob wir wirklich umziehen sollten."

Nach einer ganzen Weile starrte er noch immer an die Zimmerdecke. Er konnte einfach nicht einschlafen. Ihm gingen tausend Gedanken durch den Kopf. Draußen war es inzwischen wieder ruhig geworden, nachdem seine Mutter Vater hereinlassen konnte.

Paul setzte sich auf. Dabei fiel sein Blick auf das Teleskop, das seine Eltern ihm zu Weihnachten geschenkt hatten. Ihm fiel ein, dass es ein ziemlich teures und wertvolles Geschenk war. Er hatte es sich so sehr gewünscht und ganz oft davon geschwärmt. Noch im letzten Herbst hatten sie seinetwegen eine Sternwarte besucht.

„Autsch", dachte Paul. Warum hatte er eigentlich nicht versucht, mit seinen Eltern über den Umzug zu reden? Er hatte es gehört und war sofort wütend rausgerannt. Jetzt bekam er ein schlechtes Gewissen und schämte sich. Er rutschte vom Bett, ging zum Teleskop und schaute hindurch. Es war eine sternklare Nacht. Wunderschön. Dabei streifte er mit seiner Hand eine Karte, die noch immer daran hing. Paul klappte die Karte auf und las:

Lieber Paul! Mit diesem Teleskop erfüllen wir dir sehr gern deinen größten Wunsch. Als wir merkten, dass du dich wirklich für Astronomie und Raumfahrt interessierst und schon so viel darüber gelernt hast, sahen wir, dass es dir damit ernst ist. Und weißt du was? Damit folgst du einem guten Beispiel aus der Bibel.

„Pah, Bibel. Ist doch eh alles nur erfunden", brummte Paul und warf die Karte in die Ecke. Doch schon bald ärgerte er sich über sich selbst. Jetzt plapperte er schon wie Ferdinand, der auch bei jeder Gelegenheit eine blöde Bemerkung über Gott und die Bibel auf Lager hatte.

Pauls Blick ruhte auf dem Teleskop und wanderte dann zu der Glückwunschkarte, die in der Ecke lag. Er hob sie wieder auf. Etwas widerwillig las er weiter.

Jesus Christus kam wegen uns Menschen auf die Erde. Deshalb feiern wir Weihnachten. Was aber viel wichtiger ist: Er lebte sein ganzes Leben mit vollem Ernst. Ihm war eine einzige Sache absolut wichtig, nämlich unsere Rettung. Dieses Ziel hatte er stets vor Augen – bis zum Ende –, als er am Kreuz für uns starb. Wenn du durch das Teleskop die vielen Sterne siehst, dann denk daran, dass Gott nicht nur das ganze Universum schuf, sondern auch dich, so wunderbar, wie du bist. So wie er jeden Stern kennt, liebt er jeden Menschen. Somit ist Jesus der größte Freund der Menschen. – Wir haben Dich lieb! Deine Eltern

Paul dachte nach. Eigentlich war er unfair gewesen. Und das, obwohl seine Eltern ihm seinen größten Wunsch erfüllt hatten. Auf einmal war er hin- und hergerissen. Auf der einen Seite wollte er seine Eltern dazu bringen, nicht umzuziehen. Andererseits hat er noch nie etwas Schlechtes bei ihnen erlebt. Er kroch wieder unter die Bettdecke.

Seine Eltern sprachen ziemlich oft von Gott, Jesus und der Bibel. Im Grunde hatte er kein Interesse daran. Irgendwie hatte er keinen Bezug dazu. Glücklicherweise versuchten seine Eltern niemals, ihn zu irgendetwas zu zwingen.

Pauls Magen fühlte sich gerade ziemlich mies an. Sein Gewissen nagte an ihm. Er dachte nach. Hatten seine Eltern nicht mal erwähnt, man könne mit Gott sprechen? Sie nannten es beten. Paul hatte begriffen, dass er seinen Eltern Unrecht getan hatte, und das wollte er jetzt demjenigen sagen, von dem sie so viel hielten: Jesus. Also versuchte er es einfach einmal, was sollte schon groß schiefgehen?

Etwas unsicher begann er: „Herr Jesus ... wenn es dich tatsächlich gibt, dann mach bitte, dass meine Eltern mich trotzdem noch lieb haben. Auch wenn ich sie ziemlich geärgert habe." Dann schlief Paul schließlich ein.

Falsche Freunde

Am nächsten Schultag erreichte Paul gedankenverloren die Schule. Er stellte gerade sein Fahrrad ab, als er aus den Augenwinkeln heraus bemerkte, dass Ferdinand mit einigen Schülern am Eingang stand und hitzig diskutierte. Worüber, konnte Paul nicht hören. Gerade schaute Ferdinand zu Paul herüber. Paul winkte. Aber Ferdinand verschwand sofort in der Schule.

„Hm, was hat er nur?", wunderte sich Paul, dachte sich aber nichts weiter dabei und betrat kurz darauf das Klassenzimmer. Alles schien wie immer zu sein. Die Mädchen saßen in einer Ecke und kicherten. Ferdinand bewarf mal wieder den Schüler, der vor ihm saß, mit Papierkügelchen. Auf ihn hatte er es schon lange abgesehen. Einfach nur, weil er Christ war und Ferdinand Christen hasste.

„Armer Kerl", seufzte Paul und setzte sich auf seinen Platz. Die Stunde verlief relativ ruhig. Allerdings fragte sich Paul, wie lange Ferdinand noch Papierkügelchen auf sein Opfer werfen würde.

Kaum klingelte es zur Pause, warf Ferdinand einen ganzen Haufen zerknülltes Papier auf den Mitschüler. Dem reichte es jetzt. Er sprang auf, drehte sich wütend um und schrie Ferdinand an. „Es reicht! Schluss damit, sonst ..."

„Sonst was?", forderte Ferdinand ihn heraus. Er erhob sich langsam von seinem Stuhl und funkelte ihn böse an. „Willst du mir etwa drohen, du kleiner Wicht?"

„Was soll das? Ich bin kein Wicht", verteidigte sich der andere. Noch ehe er weiterreden konnte, schubste Ferdinand ihn kräftig, sodass sein Gegner gegen den Tisch krachte.

„Aber klar bist du ein Wicht. Du mit deinem nutzlosen Gott."
Das wollte der andere nicht auf sich sitzen lassen. Er holte Luft
und wollte gerade etwas sagen, doch in diesem Augenblick
boxte Ferdinand ihm in die Rippen. Sein Opfer musste husten, ging zu Boden und rang nach Luft.

Paul hatte sich das Ganze aus der Entfernung angeschaut.
Doch jetzt wurde es ihm zu bunt. Sein Gerechtigkeitssinn ließ
nicht zu, dass Ferdinand so mit einem anderen umging.

„Hey Kumpel, lass ihn in Ruhe. Er hat dir doch nichts getan."

„Zisch ab, Alter. Sonst kriegst du auch eine."

Paul verstand die Welt nicht mehr. Sie waren doch jetzt
Freunde. Jedenfalls theoretisch. „Hey, Ferdi ..." Paul konnte
gar nicht ausreden, schon hatte Ferdinand ihn mit voller Wucht
weggestoßen, sodass Paul einen Tisch und zwei Stühle umstieß.

„Sag mal, spinnst du?" Langsam wurde Paul wütend. Er
rappelte sich wieder auf und wollte Ferdinand zur Rede stellen. „Was ist in dich gefahren? Wir sind doch jetzt Freunde.
Schlangenköpfe. Schon vergessen?"

Doch jetzt entlud sich Ferdinands ganzer Zorn über Paul.

„Pah! Von wegen Freunde. Du hast alles versaut!", schrie
Ferdinand Paul so laut an, dass es auf dem ganzen Schulflur
zu hören war. Das lockte neugierige Schüler herbei. „Wegen
dir bin ich jetzt nicht mehr der große Ferdinand. Alle reden
nur noch über den kleinen Paul, der den großen Ferdinand
besiegt hat." Er ballte die Hände zu Fäusten. „Und das werde
ich wieder ändern." Mit diesen Worten schlug Ferdinand Paul
in die Magengrube.

„Argh!" Paul sank zusammen. Das war zu viel. Er sprang
wieder auf und trat Ferdinand mit aller Kraft gegen das Schien-
bein. Der heulte auf und hielt sich das Bein. Doch schon kurz
darauf ging er wieder auf Paul los, bestrafte ihn mit einem
Schlag auf die Brust und nahm ihn in den Schwitzkasten.

„Na? Wer ist jetzt der Chef? Du kleine Ratte." Ferdinand
brüllte wie ein wütender Löwe. Paul versuchte, sich zu befreien.

Inzwischen hatten sich zwei Gruppen formiert. Die einen schrien: „Ferdinand, mach ihn fertig!" Die anderen waren auf Pauls Seite und feuerten ihn an. Das gab Paul neue Energie.

„Mann, ich hab nie gesagt, dass ich Chef werden will. Jetzt lass mich los!" Er stellte Ferdinand ein Bein, und beide knallten auf den harten Boden. Sofort holte Ferdinand wieder aus, und so kämpften sie einige Zeit gegeneinander. Paul schlug zurück und verpasste Ferdinand voll eins auf die Nase, die sofort zu bluten begann. Vor Wut und Schmerz schreiend rollte sich Ferdinand weg und hielt sich die Nase zu. Pauls Bauch schmerzte noch entsetzlich vom letzten Tritt.

Auf einmal wurde es ganz still im Raum. Paul versuchte sich aufzurappeln. Er kniete sich hin und stützte sich mit den Händen ab, um durchzuatmen.

„Damit das klar ist", ertönte Ferdinands Stimme von weit oben. „Ich bin der einzige wichtige Schlangenkopf. Für immer."

Gerade drehte Paul den Kopf nach oben, um nachzusehen. Zu spät! Ferdinand hatte Anlauf genommen und sprang. Paul konnte nicht mehr ausweichen. Mit voller Wucht landete Ferdinand auf Pauls Schultern. Plötzlich ein knackendes Geräusch. Sofort schrie Paul laut auf, strampelte wild mit den Beinen und wälzte sich auf dem Boden hin und her. An seinem schmerzverzerrten Gesichtsausdruck konnte man erkennen, dass etwas nicht stimmte. Paul schrie unentwegt: „Mein Arm, mein Arm", strampelte und hielt sich den rechten Arm fest.

Sein Schreien rief nun auch einen Lehrer herbei, der ganz aufgelöst in die Klasse gerannt kam und fragte, was hier los sei. Einer der umstehenden Schüler erklärte die Prügelei. Als der Lehrer Pauls Arm überprüfte, entdeckte er eine rötlich-bläuliche Färbung.

„Ach du Schei ...", rief er und wurde blass. „Geht sofort ins Sekretariat und lasst einen Notarzt rufen. Schnell!"

Unbemerkt von den anderen betete einer der Schüler.

Es dauerte nicht lange, bis man die Sirenen hörte, die den Krankenwagen ankündigten.

Der Notarzt flitzte mit zwei Kollegen durch den Schulflur dem Raum entgegen, aus dem die Schmerzensschreie kamen. „Was ist passiert?" Der Arzt bahnte sich einen Weg durch das Klassenzimmer zu Paul, der noch immer schreiend am Boden lag und sich hin und her wälzte.

„Wie es aussieht, haben sich diese beiden Schüler heftig geprügelt", erklärte der Lehrer achselzuckend und zeigte auf Paul und Ferdinand. Der Schuldirektor, der inzwischen auch hinzugekommen war, schüttelte den Kopf und verschränkte die Arme.

Der Notarzt untersuchte Paul und versuchte erfolglos, ihn zu beruhigen. Paul hatte so starke Schmerzen, dass er fast durchdrehte. Außerdem war inzwischen sein ganzer Unterarm rotblau angelaufen und geschwollen.

„Hm, das sieht nicht gut aus", murmelte der Notarzt. Und zu den Rettungssanitätern gewandt erklärte er: „Ich vermute eine Unterarmfraktur mit angeschlossener Handgelenksfraktur. Arm und Handgelenk stabilisieren und sofort in die Notaufnahme mit ihm." Ohne zu zögern, machten sich die Sanitäter ans Werk. Inzwischen schaute sich der Notarzt Ferdinands blutende Nase an. „Du kommst am besten auch gleich mit. Wir untersuchen deine Nase im Krankenhaus. Vielleicht ist sie gebrochen." Er half Ferdinand auf die Beine und begleitete ihn zum Krankenwagen.

Die beiden Rettungssanitäter schienten Pauls Arm, stabilisierten sein Handgelenk und hoben ihn vorsichtig auf die Transportliege. Paul wollte gleich wieder herunterspringen, so wandte er sich vor Schmerzen. Auf dem Weg zum Krankenwagen hatten die Sanitäter alle Mühe, ihn festzuhalten. Einer der beiden bereitete eine Infusion für ein Beruhigungsmittel vor, während der andere versuchte, den extrem zappeligen Paul zu fixieren.

Eine herbeigeeilte Lehrerin setzte sich gemeinsam mit Ferdinand in den Notarztwagen. Kurz darauf fuhren sie mit Blaulicht und lautem Sirenengeheul ins Krankenhaus.

Es dämmerte bereits, als Paul wieder aus der Narkose erwachte. Er brauchte eine ganze Weile, ehe er wieder halbwegs klar denken konnte. Er versuchte seine Augen zu öffnen. Es gelang nur mühsam. Die Augenlider zitterten. Seine Beine schienen unendlich schwer zu sein. Auch den Kopf konnte er kaum bewegen. Paul blinzelte. Er hatte das Fenster direkt im Blickfeld und sah, dass es bereits dunkelte. Erst jetzt bemerkte er, dass sein rechter Arm komplett eingegipst war.

„Oh nein", dachte er. Mühsam drehte er den Kopf auf die andere Seite. Da saß seine Mutter. Sie hatte die Hände gefaltet und den Kopf darauf abgelegt. Sie schien zu beten oder zu schlafen. Auf keinen Fall wollte er sie stören. Ganz langsam lichtete sich der Schleier in seinem Kopf. Paul wollte sich ein wenig aufrichten und versuchte seinen rechten Arm hochzuziehen. Doch sofort traf ihn ein stechender Schmerz, und er jammerte laut auf: „Aua!"

Seine Mutter schreckte hoch, rieb sich die Augen und begrüßte ihren Sohn müde lächelnd: „Hey, mein Schatz! Wie fühlst du dich?"

„Mein Arm ... meine Hand. Was ... ist passiert? Es tut schrecklich weh. Und wieso ist mein Arm eingegipst?", klagte Paul.

Seine Mutter machte ein besorgtes Gesicht. „Erinnerst du dich an heute Morgen, Paul? Die Schule ...?"

Paul schloss die Augen und dachte nach. Ach ja. Da war der Ärger mit Ferdinand, seinem neuen Freund. Toller Freund. Erst ignorierte er ihn, und dann prügelte er ihn krankenhausreif.

„Ja, leider", antwortete Paul zerknirscht.

„Wir haben uns wirklich Sorgen um dich gemacht", erklärte seine Mutter, während sie ihm behutsam über die Haare strich.

Der Arzt, der die Operation durchgeführt hatte, ein Chirurg, kam gerade zur Tür herein. „Na, mein Junge? Wir fühlen wir uns heute?"

Paul kniff die Augen zusammen und wurde grummelig. „Keine Ahnung, wie *wir* uns fühlen." Ihm tat der Arm schrecklich weh und er war verärgert. Was sollte diese blöde Frage?

Der Doktor schien die Antwort zu überhören und fuhr fort: „Weißt du, dass du riesiges Glück hattest?" Auf einmal wurde er ganz ernst und schaute Paul mit durchdringendem Blick an. „Um ein Haar wärst du innerlich verblutet. Der Knochenbruch war sehr kompliziert. Vor allem dein Handgelenk machte uns große Sorgen, da einer der kleineren Knochen zersplittert ist und dabei die Hauptschlagader ein wenig perforiert hat. Etwas mehr Druck und Bewegung und die Hauptschlagader wäre zerschnitten gewesen."

Paul schluckte einen dicken Kloß hinunter. Gleichzeitig drückte er Mutters Hand ganz fest.

„Und weil dein Arm eine starke Verfärbung aufwies, vermuteten wir einen Doppelbruch. Das Röntgenbild bestätigte das auch. Ein Bruch im Handgelenk und noch einer im Unterarm."

Paul wurde auf einmal ganz schlecht.

„Abschließend kann ich dir jedoch sagen, dass die Operation gut verlaufen ist und du höchstwahrscheinlich keine bleibenden Schäden davontragen wirst."

„Wir danken Ihnen vielmals für Ihren Einsatz, Herr Doktor." Pauls Mutter sprach freundlich und ruhig. „Aber wissen Sie, mit Glück hat das alles nichts zu tun. Wir haben unseren Herrn Jesus Christus darum gebeten, auf unseren Jungen aufzupassen und die Operation zu begleiten."

Der Arzt schien einen Moment lang nachzudenken und antwortete leise: „Nun, dann hat er Ihr Gebet offenbar erhört. Denn es war wirklich knapp!"

Er machte sich noch einige Notizen auf einem Klemmbrett, das am Bett hing, wünschte gute Genesung und verabschiedete sich. Bevor er die Tür hinter sich schloss, drehte er sich noch einmal kurz um und lächelte auf einmal. „Paul, ich glaube, dieser Jesus", dabei schaute er gedankenverloren aus dem Fenster, „dieser Jesus hat offenbar noch etwas vor mit dir."

Paul und seine Mutter schauten sich an und sagten eine ganze Weile nichts. Dann seufzte Paul und meinte leise:

„Ach, Mami, du und Papa, ihr redet so oft von Gott und Jesus und so. Ich kann mir nicht vorstellen, dass es Gott überhaupt gibt. Der Einzige in unserer Klasse, der wohl etwas mit Gott zu tun hat, wird ständig geärgert. Darauf kann ich verzichten. Außerdem ist er irgendwie komisch drauf. Er bedankt sich, wenn er eine Arbeit bekommt, und prügelt sich nicht einmal, wenn er grundlos geärgert wird. Warum macht er das? Das ist doch nicht normal." Paul schaute nachdenklich aus dem Fenster.

„Andererseits", sprach er nach einer Weile leise weiter, „hätte ich jetzt ... tot sein können." Paul liefen dicke Tränen übers Gesicht. Nein, sterben wollte er nicht. „Und dann hätte ich euch gar nicht mehr sagen können, wie lieb ich euch doch habe." Er drückte die Hand seiner Mutter, so fest er konnte. Lange schaute er aus dem Fenster und beobachtete die dicken, grauen Wolken, die am dunklen Abendhimmel vorbeizogen. Er merkte gar nicht, wie auch seine Mutter sich die Tränen wegwischte.

„Vielleicht", flüsterte Paul, „hat Gott ja wirklich noch etwas vor mit mir." Bald darauf schlief er wieder ein.

ALTES UND NEUES

Vier Monate war sein Unfall nun her. Nach etlichen, nicht enden wollenden Physiotherapiestunden für seinen Arm und sein Handgelenk war Paul inzwischen wieder weitgehend geheilt. Gemeinsam mit seiner Familie packte er noch einige Kleinigkeiten ein. Der Umzug stand vor der Tür. Nachdem alles im Auto verstaut war, wollte Vater die Heckklappe des Autos schließen. Das gelang nicht auf Anhieb. Zu viel Zeug im Innern des Fahrzeugs drückte gegen die Autotür. Paul sprang herbei. Mit aller Kraft pressten sie gemeinsam die Hecktür zu.

„Uff. Danke, Paul. Ohne dich hätte ich das nicht geschafft." Pauls Vater lächelte. Seit Paul im Krankenhaus gelegen hatte, schien Vater viel glücklicher darüber zu sein, wenn er zu Hause war und Zeit mit der Familie verbringen konnte.

Paul erinnerte sich. Was hatte der Arzt gesagt? Um ein Haar wäre er verblutet? Dann wäre keine Gelegenheit mehr gewesen, mit seinem Vater ... Ein kalter Schauer lief ihm über den Rücken. Um sich abzulenken, schlenderte Paul noch ein letztes Mal durch das Haus, das bisher sein Zuhause gewesen war. Es fühlte sich eigenartig an, durch ein komplett leeres Haus zu laufen, in dem sie noch wenige Tage zuvor gelebt hatten. An der Tür zu seinem Zimmer machte er Halt und schaute etwas wehmütig hinein.

Seine Mutter kam dazu und blickte ihn liebevoll an. Auf einmal rann ihr eine Träne über die Wange.

„Mom, alles okay?" Paul schaute seine Mutter besorgt an.

Sie seufzte: „Ja ja. Alles gut", und wischte sich schnell übers Gesicht. Dann lächelte sie und sagte leise: „Ich erinnerte mich gerade daran, wie du als ganz kleiner Kerl in diesem Zimmer deine ersten Gehversuche unternommen hast. Hier am Türrahmen hast du dich hochgezogen. Schau mal, sogar deine Bissspuren sind noch da. Du hast mit aller Kraft versucht, dich festzuhalten. Als die Kraft nicht mehr ausreichte, hast du dich festgebissen. Dann hast du dich umgedreht und bist mit deinen zittrigen Beinchen zur anderen Seite der Tür getaumelt. Du hast dich so sehr gefreut, dass du laut lachend in die Hände geklatscht hast und dabei auf den Po geplumpst bist."

„Hihi, ist ja cool." Paul grinste.

„Ja. Und heute kann der kleine Kerl schon ganz alleine laufen." Mutter neckte Paul gerne und knuddelte ihn kräftig durch. Beide mussten lachen. Das hörte Lisa. Sie kam angeflitzt und knuddelte mit. Von dem ungewöhnlichen Lärm angelockt schaute auch Pauls Vater um die Ecke. Amüsiert lehnte er sich an die gegenüberliegende Wand und beobachtete das fröhliche Treiben seiner Familie. Als Lisa ihn entdeckte, schrie sie ausgelassen: „Knuddelalarm!" Sofort überrumpelten alle Papa und knuddelten ihn zu Boden.

Gemeinsam bereiteten sie ein letztes Picknick auf dem Fußboden des Wohnzimmers vor. Mutter breitete eine große Decke aus und arrangierte alles liebevoll. Für die Dekoration pflückte Lisa sogar noch ein paar Blümchen im Vorgarten. Während des Picknicks schwelgten alle in Erinnerungen. Sie hatten viel erlebt in diesem Haus.

Plötzlich wurde die schöne Atmosphäre jäh unterbrochen, als Papas Handy klingelte. Als hätte ihm jemand einen Stromstoß verpasst, schnellte er in die Höhe, scheuchte seine ganze Familie in Pauls altes Zimmer und schloss die Tür hinter ihnen.

„Bitte wartet hier drin!"

„Was soll denn das?" Paul schaute seine Mutter fragend an. Doch auch sie konnte nur mit den Schultern zucken. Kurz darauf hörte man eine Autotür. Vater begrüßte einen Mann, der eine tiefe, raue Stimme hatte.

Leider konnte Paul nicht verstehen, worüber sie sich unterhielten. Dann wurde es still. Sein Vater kam wieder zurück und entließ eine irritierte Familie aus dem Zimmer.

„So, wo waren wir stehen geblieben?", fragte er unvermittelt und zog die Augenbrauen hoch.

„Möchtest du uns vielleicht etwas mitteilen?" Pauls Mutter stemmte die Hände in die Hüfte und schaute ihren Ehemann herausfordernd an.

Vater schüttelte ganz leicht den Kopf und murmelte: „Nein. Das kann ich nicht. Darf ich nicht. Nicht im Moment. Tut mir leid."

„Mama? Wann geht's endlich mal los?" Lisa rettete die Situation. Mutter nahm sie an die Hand, und gemeinsam räumten sie das Picknick ein.

Noch ganz verwundert ging Paul langsam die Treppe hinunter. Papa schien in letzter Zeit immer geheimnisvoller zu werden. Seine kleine Schwester riss ihn mit ihrem Rufen aus seinen Gedanken. Alle warteten schon ganz ungeduldig.

„Mensch Paul, wann kommst du denn endlich?", nörgelte sie.

„Ich komme ja schon."

Vater hielt Paul den Hausschlüssel unter die Nase. „Möchtest du das letzte Mal zuschließen?" Paul nickte. Es war fast ein feierlicher Moment. Schnell war er wieder vorbei, als alle im Auto saßen und Lisa aus dem Fenster rief: „Tschüssi, altes Haus!"

Bevor Vater losfuhr, sprach er noch ein kurzes Gebet, in dem er Gott für die Zeit in dem alten Haus dankte und um Bewahrung und eine gute Fahrt bat. Dann ging es los.

Während der ersten Fahrtstunde schwiegen alle. Irgendwann brach es aus Paul heraus. „Papa, jetzt sag doch endlich mal, warum du in letzter Zeit immer so geheimnisvoll bist. Warum hast du uns vorhin in mein Zimmer gesperrt? Und wieso durften wir in den letzten Monaten nicht in dein Arbeitszimmer?

Und überhaupt, wo bist du auf deinen vielen Reisen dieses Jahr gewesen? Ich kann mich nur noch daran erinnern, dass du vor einiger Zeit mal erwähntest, in Rom gewesen zu sein. Was genau machst du denn eigentlich für eine Arbeit? Irgendwas mit Geschichte, oder?"

„Moment, Moment. Langsam." Pauls Vater bremste seinen Sohn. „Ich kann ja nicht alles auf einmal beantworten."

Mutter wandte sich ihrem Mann zu. „Nun ja, vielleicht beginnst du damit, uns zu erklären, welchen geheimnisvollen Besuch du heute hattest."

Vater schwieg. Paul konnte deutlich sehen, wie Vater die Kaumuskeln anspannte. Er schien zu kauen, obwohl er nichts im Mund hatte. „Nun, das ...", er druckste sichtlich herum, „das war ... gewissermaßen eine Art ... Kollege."

Mit dieser Antwort war Mutter offensichtlich unzufrieden. „Ein Kollege", wiederholte sie monoton. „Seit wann versteckst du deine Familie vor deinen Kollegen, Markus?" Sie ließ nicht locker.

„Das ... das ist kompliziert." Pauls Vater versuchte sich herauszuwinden. „Maria, bitte frag mich nicht weiter, ja?"

Missmutig verschränkte sie die Arme vor der Brust.

„Dann erzähl uns wenigstens endlich mal, was du in den vergangenen Monaten gemacht hast. Worin besteht deine Arbeit denn nun eigentlich, Papa? Ich weiß zwar, dass du Geschichtswissenschaftler bist, aber so richtig kann ich damit auch nix anfangen. Es muss wohl etwas mit Ausgrabungen und alten, antiken Dingen zu tun haben. Du bist ja so oft unterwegs." Paul kratzte sich am Kopf und überlegte weiter.

Papa war froh über diese Wendung des Gesprächs, und so erklärte er sich gern. „Das hast du richtig in Erinnerung, ich bin Geschichtswissenschaftler."

„Und was macht so ein Geschichtendingbums?", hakte Lisa nach.

„Vereinfacht gesagt, beschäftige ich mich mit kulturellen und historischen Hintergründen der Menschheit. In meiner Arbeit untersuche ich hauptsächlich schriftliche antike

Dokumente, um herauszufinden, welcher Zeit, welchem Thema und welchen Menschen sie zuzuordnen sind. In diesem Zusammenhang arbeite ich eng mit mehreren Archäologen zusammen und bin zeitweise auch selbst auf Ausgrabungen zugegen, wenn beispielsweise beschriftete Steintafeln oder auch Papyrusblätter gefunden werden. Im Kern meiner Arbeit erforsche ich also alte historische Quellen. Ich versuche zu klären, was es damit auf sich hat und bringe sie mit anderen Dokumenten in Verbindung. Ein Teil meiner Arbeit besteht darin, alte Geschichte zu rekonstruieren."

„Also bist du Historiker?", warf Paul ein.

„Hm, ja. Könnte man sagen", bestätigte sein Vater.

„Und was hat das Ganze mit Rom zu tun?" Pauls Neugier kannte keine Grenzen. Aber seinen Vater störte das heute offenbar gar nicht. Im Gegenteil. Er schien froh zu sein, endlich einmal darüber zu sprechen.

„Schau, viele Forscher, also auch Historiker wie ich, stellen sich zu Beginn ihrer Forschungsarbeit eine Frage oder stellen eine These auf. Mittels gefundener Dokumente, Artefakte und weiterer Indizien führen wir unsere Forschungsarbeit durch."

„Was ist eine These?" Lisa verstand nicht.

„Eine These ist eine Behauptung. In einem Forschungsprojekt versucht man schließlich, eine These zu beweisen oder zu widerlegen", erklärte Vater.

„Das kapier ich nicht. Thesen, Indi... irgendwas. Das ist irgendwie zu ... dafür bin ich wohl zu dumm." Lisa schüttelte den Kopf und ließ sich in den Sitz fallen.

„Uff, wie erkläre ich einer Sechsjährigen die Begriffe These und Indizien?", murmelte Vater vor sich hin.

„Hey, ich bin fast sieben!", korrigierte Lisa eingeschnappt.

Da kam Mutter zu Hilfe. „Lisa, stell dir mal vor, wir planen, in den Winterferien zum Skifahren zu gehen. Das geht aber nur, wenn es geschneit hat. Nun behaupte ich, dass es im nächsten Winter wieder schneien wird. Das ist die These. Bevor wir nun in den Winterurlaub fahren, prüfen wir mehrmals den Wetterbericht. Der sagt uns, dass es wahrscheinlich kalt sein wird, mit Niederschlag zu rechnen ist und dass es vielleicht sogar schneit. Das sind Indizien, also Hinweise. Wenn wir schließlich losfahren und tatsächlich im Schnee ankommen, haben wir die These bewiesen. Das heißt, meine Behauptung, es würde Schnee in unserem Winterurlaub geben, hat sich als wahr erwiesen. Und die Hinweise dafür, also die Indizien, haben sich als richtig herausgestellt."

Lisa legte den Kopf zur Seite. „Aha."

Dankbar lächelte Vater Mutter an. „Ach Maria. Wie gut, dass ich dich habe, mein Schatz."

Paul hakte nach. „Papa, und welche These hast du aufgestellt?"

Sein Vater dachte kurz nach und musste grinsen. „Weißt du, das ist eine sehr interessante Geschichte. Sie hat damit zu tun, wie ich eure Mutter kennengelernt habe."

„Ach, echt? Erzähl mal."

„Nun, ich wusste lange Zeit nicht, welchen Beruf ich lernen sollte. Glücklicherweise hatte ich damals einen Lehrer, der auf Zack war. Er entdeckte mein besonderes Talent für Kalligrafie, also dem kunstvollen Schreiben mit der Feder, und mein Interesse an antiker Geschichte. Er empfahl mich an Professor Jeremiah Cardiff, der in London an einer Universität Kunstgeschichte lehrte. Eine wahre Größe auf seinem Gebiet. Es dauerte nicht lange, und ich entdeckte meine Liebe zur Geschichtswissenschaft. Aus meinen anfänglichen kalligrafischen Künsten entwickelte sich zunehmend malerisches Geschick. So begann ich aufgrund meiner Kunstfertigkeit Abschriften von wertvollen Originalen anzufertigen. Ich kopierte Dokumente, Papyrusschriftrollen, Siegel und alte Familienwappen."

Mit ironischem Unterton warf Paul ein: „Du bist also Kunstfälscher geworden." Gerade fuhr ein schwarzer Mercedes auf der Überholspur vorbei. Paul wunderte sich. Dieses Auto schien schon mehrmals an ihnen vorbeigefahren zu sein. Aber vielleicht gab es auch einfach viele solcher Autos.

„Aber Paul", wandte Mutter ein, „Vaters Arbeit war sehr wichtig. Er hat nichts Unrechtes getan."

Vater lachte. „Ist schon in Ordnung. Paul hat im Grunde recht. Tatsächlich könnte man sagen, ich habe Fälschungen hergestellt. Es waren Kopien von Originalen, die teils so echt wirkten, dass selbst Experten sie kaum auseinanderhalten konnten. Der Zweck dieser Kopien ist auch schnell erklärt. Wann immer solche antiken Dokumente zu Forschungszwecken genutzt oder im Museum ausgestellt werden sollten, konnte man die Kopien verwenden. Hätte jemand die Kopien gestohlen oder wären sie beschädigt worden, wäre das nicht so schlimm gewesen. Die Originale waren ja an einem sicheren Ort verwahrt. Der durchschnittliche Museumsbesucher bemerkt den Unterschied sowieso nicht."

„Wow. Da bist du also ein echter Profi geworden."

„Nun ja", antwortete Vater, „bei aller Bescheidenheit. Wenn ich das so sagen darf. Ja, das war ich."

„Warum – war?", wunderte sich Paul.

„Das ist eine lange Geschichte."

„Ich hab grade ganz viel Zeit, Paps", grinste Paul.

„Okay. Hier kommt Maria, deine Mutter, ins Spiel. Bei einem meiner Vorträge vor dreizehn Jahren, einem großen Symposium der Kulturwissenschaften in Berlin, traf ich auf eine junge, attraktive Frau. Noch nie zuvor hatte ich eine solche Frau kennengelernt. Ihr Liebreiz, ihre Art sich auszudrücken, ihre wunderschönen Augen … all das wurde nur noch übertroffen von ihrem genialen Verstand."

„Ach, Markus, jetzt schmeichelst du mir aber." Pauls Mutter errötete.

„Nicht doch. Das ist die Wahrheit. Du hast äußerst schlaue Fragen gestellt, sodass wir uns stundenlang unterhielten."

„Das fand ich bemerkenswert."

„Worüber habt ihr denn gesprochen?"

„Tja." Pauls Vater setzte ein verschmitztes Grinsen auf. „Hier kommen wir zu dem Punkt, der mich nicht nur von deiner Mutter, sondern auch von Gott überzeugte. Während wir uns bis spät in die Nacht hinein unterhielten, ging es irgendwann auch um Gott und die Bibel. Als Wissenschaftler erklärte ich Maria, dass es Unfug sei, der Bibel zu glauben. Durch die vielen Abschriften, kulturellen Unterschiede und dem Mangel an damaliger Dokumentenverwaltung hätten sich höchstwahrscheinlich im Laufe der Jahrhunderte tausende Fehler eingeschlichen. Ich musste es ja wissen. Das war immerhin mein Fachgebiet. Doch deine Mutter ließ nicht locker. Erzähl du mal weiter, Maria."

„Paul, wie du weißt, haben Opa und Oma mich christlich erzogen. Die biblischen Geschichten sind mir seit meiner Kindheit bekannt. Erst als ich älter wurde und mit Studieren begann, zog ich die Bibel in Zweifel. Je mehr ich mich mit der wissenschaftlich-kritischen Sichtweise auf die Bibel beschäftigte, desto mehr entfernte ich mich von Gott. Aber Gott selbst war gut zu mir, und so traf ich auf eine ehemalige Theologie-Professorin. Sie erzählte mir von ihrem Werdegang und davon, wie auch sie einst gehadert hatte. Durch einen guten Freund bekam sie den Anstoß, die Bibel voll und ganz ernst zu nehmen und ihr zu glauben. Nicht nur alles wissenschaftlich zu analysieren. Einfach mal als Experiment, mit offenem Herzen."

„Und? Hat's funktioniert?" warf Paul ein.

„Ja, und wie. So erkannte sie für sich persönlich, dass ihr Plan, als Frau eine Gemeinde zu leiten, nicht mit der Bibel vereinbar war und gründete stattdessen ein Kinderhilfswerk. Mir gab sie den Tipp, der ihr selbst geholfen hatte: Nimm die ganze Bibel ernst. Das tat ich auch. Gott stärkte mir wieder den Glauben durch das Lesen der Bibel mit offenem Herzen. Seit diesem Tag spüre ich, wie Jesus mich trägt."

„Und dann gab mir deine Mutter denselben Tipp."

„Die ganze Bibel ernst zu nehmen?", fragte Paul.

„Genau. Persönlich hatte ich nichts gegen die Bibel. Jedoch erschien es mir höchst unwahrscheinlich, dass sie mehrere tausend Jahre lang korrekt und ohne größere Fehler überliefert worden sein sollte. Bedenke, dass die Bibel einen Zeitraum von über 4000 Jahren umfasst. Das war die Geburtsstunde meiner Lebensaufgabe. Gemeinsam mit deiner Mutter stellte ich also die These auf: Die Bibel ist wahr! Diese Behauptung wollte ich ab sofort untersuchen. Doch dann kam die Überraschung."

„Eine Überraschung?", hakte Lisa nach.

„Ja, gewissermaßen. Je mehr ich nachforschte, umso mehr Zusammenhänge erkannte ich. Dabei stellte ich fest, wie gut alte und neuere Schriften der Bibel zusammenpassen. Mehr und mehr keimte in mir die Frage auf: Was wäre, wenn das alles wirklich stimmte? Zu diesem Zeitpunkt änderte ich meine These in die Frage: *Was wäre, wenn die Bibel wahr ist?* Ich erforschte alles, was mir zum Thema biblische Geschichte in die Finger kam. So setzte ich Stück für Stück ein großes Puzzle zusammen. Als ich schließlich auf die Qumran-Schriftstücke vom Toten Meer stieß, wurde mir schlagartig bewusst, dass Gott durch all die Jahrhunderte hindurch ganz stark darauf geachtet hatte, dass die Bibel – sein schriftliches Wort – unverfälscht überliefert wurde. Als ich das verstanden hatte, konnte ich nicht anders, als Jesus Christus, dem Sohn Gottes, mein Leben anzuvertrauen und ihm die Ehre zu geben."

„Krasse Sache." Paul war sichtlich gerührt von der Geschichte seiner Eltern. Ob er wohl auch einmal so etwas erleben würde?

Vater erzählte weiter. „Im Rahmen meiner Forschungsarbeit konnte ich wichtige Erkenntnisse für verschiedene historische Dokumente erarbeiten. Damals wurde eine Organisation auf mich aufmerksam, die sich mit dem geheimnisvollen Namen Sektion13 vorstellte."

„Das ist aber ein komischer Name", stellte Paul fest.

„Von ihr bekam ich auch die Einladung nach Rom, an die Akademie der Wissenschaften. Das war eine große Ehre. Nur die klügsten Wissenschaftler arbeiten dort, um neue, innovative Methoden und Technologien zu erforschen. Das konnte ich mir natürlich nicht entgehen lassen. Also flog ich nach Rom."

Kaum hatte Vater den Satz beendet, sah Paul aus den Augenwinkeln, wie schon wieder der bekannte schwarze Mercedes für einen kurzen Moment genau neben ihnen fuhr. Als Paul hinüberschaute, fuhr er schnell weiter. „Komischer Kautz", dachte Paul, war aber gleich wieder bei Papas spannender Erzählung.

„Ich flog also nach Rom. Dort wurde ich zuvorkommend begrüßt und mit einer Limousine abgeholt."

„Wie ein Superstar", warf Lisa ein.

Pauls Vater fuhr fort. „Ich wurde direkt zur Akademie gefahren, wo ich bereits einige bekannte Größen der Wissenschaft kennenlernen durfte. Für mich war das alles total spannend, sodass ich erst viel später stutzig wurde, weil mich jene Limousine sogar bis zum Hotel fuhr und auch wieder von dort abholte. Und zwar jeden Tag. Ich hatte praktisch keine Gelegenheit, etwas anderes zu tun."

„Na, vielleicht lag es daran, dass du so wichtig bist, mein Schatz." Pauls Mutter kraulte ihren Mann am Nacken und lächelte ihn dabei zuckersüß an.

„Das ist unwahrscheinlich. Immerhin war ich eine relativ unbekannte Größe als Wissenschaftler. Der einzige Grund, weshalb ich überhaupt wahrgenommen wurde, war mein neuer Ansatz zur Verifizierung unbekannter Fundstücke."

„Veri… was?", fragte Lisa.

„Das bedeutet, dass man durch Überprüfen die Richtigkeit einer Sache feststellt", erklärte der Vater.

„Was passierte dann?", forschte Paul nach.

„Nach etwa einer Woche trat ein älterer Herr mit weißem Haar, schmalem Gesicht und teurem schwarzen Anzug, an mich heran. Er stellte sich als Sir Walter Crowley IV. vor. Ich fühlte mich geehrt, von einem Adligen angesprochen zu werden, also hörte ich mir an, was er zu sagen hatte. Er erklärte mir, Vorsitzender einer besonderen Forschungsgruppe der Akademie zu sein, der Sektion13. Sie würden sich mit historisch besonders heiklen Angelegenheiten befassen. Und da sie seit mehreren Jahren vergeblich versuchten, ein bestimmtes Dokument zu verifizieren, also zu überprüfen, ob es echt ist, ersuchten sich mich um Hilfe."

„Und was für ein Dokument war das?"

„Nun ja. Das war etwas mysteriös. Bevor man mir überhaupt etwas darüber berichtete, musste ich hoch und heilig versprechen, Stillschweigen über meine ganze Arbeit zu wahren. Ich musste sogar einen Vertrag unterschreiben, der mir untersagte, meine Forschungsergebnisse zu veröffentlichen, ehe ich sie der Sektion übergeben hätte. Die Andeutungen jedoch, die Crowley mir gegenüber gemacht hatte, weckten die Neugier in mir."

Jetzt wurde selbst Mutter ungeduldig. „Jetzt sag schon, Markus. Spann uns doch nicht so auf die Folter."

„Es ging um eine alte Schriftrolle, die von einer Legende sprach."

„Eine Legende?" Paul bekam große Augen.

„Die Legende der sieben Testamente. Diese Testamente gelten, so sagt die Legende, als Beweis für die historische Wahrheit der Bibel. Es ist allgemein bekannt, dass die Bibel von vielen verschiedenen Menschen, erst mündlich und später schriftlich, überliefert wurde. Für viele Leute liegt die Vermutung nahe, dass sich Fehler eingeschlichen haben. Oder sogar absichtlich Fälschungen eingearbeitet wurden. Bis heute ist die Menschheit gespalten in der Frage, ob die Bibel wahr oder einfach nur die Erfindung fantasievoller Leute ist. Die Forschungsgruppe Sektion13 war im Besitz eines ernst zu nehmenden Dokumentes, der vermuten lässt, dass es wichtige Beweise für die Glaubwürdigkeit der Bibel gibt."

„Diese Schriftrolle", konstatierte Paul.

„Richtig. Und *ich* konnte die Echtheit des Dokumentes bestätigen. Von da an wurde alles extrem mysteriös. Ich wurde sofort wieder nach Hause geschickt und durfte niemandem etwas erzählen. Ihr müsst wissen, dass die Legende Beweise beschreibt, die teils über 4000 Jahre alt sein sollen. Sollte sich das als wahr herausstellen, wäre das phänomenal."

„Aber wieso durftest du nichts erzählen? Das kapier ich nicht." Paul kratzte sich wieder am Kopf. So machte er es immer, wenn er etwas nicht verstand.

„Ja, das wunderte mich auch."

„Papa?", schaltete sich Lisa ein. „Können wir endlich mal anhalten? Ich muss Pipi."

„Aber klar, mein Schatz. Da vorn ist ein Rastplatz." Kaum hatten sie eingeparkt, hielt ein paar Meter neben ihnen ein schwarzer Mercedes an. Paul stutzte. War das nicht derselbe schwarze Mercedes, den er auf der Fahrt schon mehrmals beobachtet hatte? Ein SUV mit stark getönten Scheiben. Könnte ein GLS sein, mutmaßte Paul. Er schob den Gedanken rasch wieder beiseite und ging mit seiner Familie zum Restaurant der Raststätte, um eine Erfrischung zu besorgen. Doch als sie zurückkamen, stand der schwarze Wagen noch immer dort. Paul bemühte sich, etwas zu erkennen. Durch die dunklen Scheiben war leider überhaupt nichts zu sehen. Merkwürdig. Paul überlegte, wie er den Fahrer einmal zu Gesicht bekommen könnte. Er war neugierig, wer das sein mochte. Gerade kam seine kleine Schwester mit einem Milchshake in der Hand angelaufen. Da kam Paul eine Idee.

„Gib mir mal deinen Milchshake, Lisa", bat er seine Schwester.

„Was willst du denn damit?"

„Ooch, nur mal was probieren."

„Hm, na gut. Aber nicht essen. Das ist meiner", antwortete Lisa und gab ihren Milchshake nichts ahnend ab.

Dann bat Paul seine Schwester, ein paar Schritte rückwärts in eine bestimmte Richtung zu gehen. „Noch ein Stück. Ja, gut so. Noch zwei Schritte weiter" Jetzt stand Lisa etwa zwei Meter von dem schwarzen Mercedes entfernt.

Paul rief: „Und jetzt streck die Hände in die Luft. Mal sehen, wie gut du fangen kannst. Achtung!" Paul holte aus und schleuderte Lisa den Milchshake entgegen. Der flog natürlich absichtlich viel zu hoch und traf den schwarzen Mercedes direkt auf der Windschutzscheibe.

Doch genau in diesem Augenblick kam Pauls Vater angerannt und schrie den beiden zu: „Was macht ihr denn da? Seid ihr noch ganz bei Sinnen?" Schnell ließ der Fahrer des schwarzen Autos den Motor an und fuhr wie ein Verrückter davon.

„Na so was", wunderte sich Paul.

Pauls Vater jagte alle ins Auto und fuhr schnell wieder los. Einige Minuten lang schwiegen alle, dann sagte er streng: „Das war eine absolut dumme Idee, Paul. So etwas ist extrem gefährlich."

„Aber ich wollte doch ..." Paul konnte den Satz nicht beenden.

„Das wirst du niemals wieder tun! Hast du mich verstanden?"

„Ja", grummelte Paul vor sich hin. Wieso regte sich sein Vater so auf? Es war doch nur ein Milchshake. Erst jetzt bemerkte er, wie seine kleine Schwester neben ihm schluchzte.

„Hey, Kleines. Tut mir leid. Das war eine blöde Idee von mir. Ich kauf dir einen neuen Milchshake, okay?" Paul versuchte seine Schwester zu beruhigen. Nach einiger Zeit gelang ihm das auch, und sie schlief ein. Das gab ihm Gelegenheit darüber nachzusinnen, was Vater erzählt hatte. Bis sie schließlich im neuen Zuhause ankamen, dachte Paul angestrengt über Vaters Forschungsarbeit nach. Und ihm ging dieser mysteriöse schwarze Mercedes nicht mehr aus dem Kopf.

Zur richtigen Zeit, am richtigen Ort

Der erste Tag im neuen Zuhause, in Villstein. Eigentlich hatte Paul sich vorgenommen, besonders lange auszuschlafen. Stattdessen erwachte er früh am Morgen. Eine unerklärliche Unruhe trieb ihn aus dem Bett. Er wusste nicht, was es war. Verschlafen schlich er zum Fenster. Draußen war es noch ganz dämmrig. Gerade so, wie sich Pauls Kopf anfühlte. Er verspürte das dringende Bedürfnis, frische Luft zu schnappen, um einen klaren Kopf zu kriegen. Er streifte sein Hoodie über und setzte sein Basecap auf, natürlich mit der Kappe nach hinten. Als er die Haustür öffnete, blinzelte ihm die Sonne mit ihren ersten warmen Strahlen entgegen. Es war ein wunderschöner Sonntagmorgen. Paul kniff die Augen zusammen und wollte die Tür hinter sich schließen, als er Mutters Stimme hörte.

„Guten Morgen, Paul." Mutter gähnte. „So früh schon wach? Ich dachte, du wolltest ausschlafen?"

Paul zuckte mit den Schultern. „Ja, ich weiß. Konnte leider nicht. Irgendwas ... beunruhigt mich. Ich weiß auch nicht ..."

Mutter runzelte die Stirn. „Warte mal kurz." Sie verschwand in der Küche und kam mit ihrem Handy zurück. „Hier, nimm bitte mein Handy mit. Falls irgendwas ist. Und fahr nicht zu weit, in einer Stunde wollen wir frühstücken."

„Okay. Alles klar. Bis dann." Paul bestieg sein BMX-Bike und machte sich auf den Weg. Eigentlich hatte er gar keine Ahnung, wohin. Er fuhr einfach so drauflos und erreichte wenige Minuten später einen großen Parkplatz. Von hier aus führten mehrere Wanderwege in den angrenzenden Villsteiner Wald und die nähere Umgebung.

Einer der Wege führte sogar rund um den Villsteiner See.

„Oh toll, sogar einen richtigen See gibt es hier. Ob wir da mal schwimmen gehen oder Boot fahren?", murmelte Paul. Er orientierte sich auf der großen, holzgerahmten Wanderkarte und wählte einen kleinen Weg, der zu einem der Zuflüsse des Sees führte. Gemütlich radelte er so dahin und dachte bei sich selbst:

„Eigentlich ist es hier gar nicht mal so schlecht. In meiner alten Heimatstadt gibt es keinen Wald." Paul hielt neben einer Bank an und setzte sich. Er lehnte sich zurück und schloss die Augen. Der Wind rauschte in den Baumwipfeln, die Singvögel begrüßten sich, und irgendwo hämmerte ein Specht gegen einen Baum. Paul flüsterte vor sich hin: „Hier gefällt's mir." Als er so entspannt dasaß, musste er wieder an sein altes Zuhause denken und an seinen verzweifelten Versuch, einen Freund zu finden. Da fiel ihm Ferdinand ein. Paul verzog das Gesicht und erfühlte seine Narbe am rechten Arm. Vielleicht sollte er komplett auf Freunde verzichten. Er wäre eh nie gut genug. Paul atmete die frische Luft tief ein und lauschte dem Gezwitscher.

Plötzlich zerriss ein Schrei die friedliche Atmosphäre. Paul öffnete die Augen und sah sich um. Nichts zu sehen. Da, schon wieder! Es klang wie ein ... Hilfeschrei. Paul stand auf, kletterte auf die Bank und suchte die Gegend ab. Er konnte niemanden entdecken. Doch jetzt war der Hilfeschrei ganz deutlich zu hören. Er kam aus der Richtung, in die Pauls Weg führte.

Ohne zu zögern, sprang Paul auf sein Fahrrad. Er folgte dem Weg über Stock und Stein. Unterwegs rasten ihm tausend Gedanken durch den Kopf. Was, wenn er gar nicht helfen konnte? Was, wenn er zu klein oder zu schwach wäre? Oder wenn es am Ende nur ein Trick war, um ihn anzulocken? Gerade noch rechtzeitig bemerkte er einen tiefen Abhang am Wegrand. Er bremste scharf und kam knapp davor zum Stehen.

Als er nach unten sah, traute er seinen Augen nicht. Da stand ein schwarzer Mercedes. Aber nicht nur irgendein schwarzer Mercedes. Es schien genau derselbe SUV zu sein, der auf der

Umzugsfahrt schon ständig in der Nähe gewesen war und einen Milchshake abbekommen hatte. Paul musste schmunzeln. Doch das Grinsen verging ihm ganz schnell wieder, als er sah, was sich da unten abspielte.

Dort im Tal konnte er einen kleinen Bergfluss ausmachen, der ziemlich viel Wasser führte. Nahe des Ufers schien jemand im Wasser festzusitzen. Ein Junge ruderte hilflos mit den Armen. Er schrie um Hilfe. Immer wieder tauchte er unter. Paul konnte sehen, wie es dem armen Kerl immer schwerer fiel, sich über Wasser zu halten. Er würde jeden Moment ertrinken. Ein weißhaariger, großer, kräftiger Mann im schwarzen Anzug stand am Ufer und hielt einen Ast übers Wasser. Scheinbar wollte er dem ertrinkenden Jungen helfen. Doch bei genauerem Hinsehen bemerkte Paul, dass der Mann dem Jungen gar nicht half. Stattdessen rief er ihm immer wieder zu: „Sag mir sofort, wo du ihn versteckt hast! Dann helfe ich dir." Der arme Junge konnte gar nicht reden, ihm schwappte immer wieder Wasser ins Gesicht.

Paul spürte förmlich, wie sein Puls anstieg. Zorn über den Mann und Angst um den Jungen wechselten sich ab. Was sollte er denn jetzt machen? Der schwarze Mann war viel stärker. Und Pauls Arm war ja auch noch nicht ganz verheilt. Er drehte sich langsam um. Vielleicht sollte er einfach nach Hause fahren und so tun, als wäre nichts geschehen. Doch in diesem Augenblick schrie der ertrinkende Junge wieder, nur unterbrochen vom Blubbern: „Verschwinden Sie! ... Hilfe!"

Pauls Hände wurden schweißnass. Er schluckte einen dicken Kloß runter, griff nach dem Fahrradlenker und stellte sich an den Rand des Abgrunds. Oh Mann, war das steil. Er entdeckte eine hügelige Spur, die um die Wurzeln herum nach unten führte. Ähnliche Strecken war er mit seinem BMX-Bike schon gefahren. Im Heizkraftwerk.

„Jetzt oder nie", keuchte Paul. Er fuhr vorsichtig in die Spur. Jetzt nahm er die Hand von der Bremse und raste laut schreiend den Abhang hinunter.

„Ahhhh."

Der schwarze Mann schien völlig erschrocken zu sein. Er ließ den Ast fallen, sprang in sein Auto und fuhr davon. Mit vollem Tempo sauste Paul über den kleinen Waldweg, geradewegs aufs Ufer zu. Bei dieser Geschwindigkeit hatte er Mühe, zum Stehen zu kommen. Mit aller Kraft bremste er, rutschte halb ins Wasser und kippte schließlich um.

Als Paul sich wieder aufgerappelt hatte, schaute er sich nach dem Jungen um. Er war weg. „Was? Oh nein!" Wo war er denn geblieben? Fieberhaft suchte er die Wasseroberfläche ab. Da entdeckte er eine Hand, die herumwirbelte. Sofort sprang Paul ins Wasser und tauchte unter. Nach einigen Schwimmzügen konnte er etwas Zappelndes ausmachen und schwamm direkt darauf zu. Ehe er ankam, musste er noch einmal Luft holen. Als er auftauchte, war der andere Junge auch gerade zu sehen. Er konnte schon gar nicht mehr schreien. Paul holte tief Luft und tauchte wieder unter. Im trüben Wasser konnte er kaum etwas erkennen. Allerdings sah er, dass der Junge nur mit einem Bein strampelte. Das andere war offenbar in seinem Fahrrad eingeklemmt, das wiederum irgendwo festhing. Mit einiger Mühe zog Paul das eingeklemmte Bein aus dem Fahrradrahmen. Jetzt entfernte sich der andere Junge auf einmal. Paul tauchte wieder auf. Der soeben gerettete arme Kerl hielt sich krampfhaft an einem abgebrochenen Ast fest und trieb davon.

Der Junge, schon ganz schwach, schrie: „Ich kann nicht schwimmen. Hilfe!"

„Auch das noch!" Paul spürte einen stechenden Schmerz in seinem rechten Arm. Die holprige Abfahrt und das Tauchen in der Strömung waren zu viel gewesen. Der Bruch war zwar weitgehend verheilt, aber noch immer schmerzte er bei starker Anstrengung. Egal! Jetzt war er – Paul – der einzige Mensch, der helfen konnte. Er schluckte den Schmerz hinunter und nahm noch einmal alle Kraft zusammen. Dann schwamm er mit mehreren kräftigen Zügen hinter dem Jungen her. Das war gar nicht so einfach. Die Strömung des Flusses war hier schon ziemlich stark. Dann griff er nach dem Ast, hielt sich mit beiden Händen daran fest und benutzte ihn wie eine Schwimmnudel. Mit den Beinen steuerte er den Ast samt Passagier schließlich zum Rand des Flusses. Endlich erreichten sie das rettende Ufer. Völlig erschöpft und klitschnass hievten sich die beiden aus dem Wasser und ließen sich ins Gras fallen.

„Uff. Danke!", schnaufte der gerettete Junge.

Paul hielt sich den schmerzenden Arm und keuchte: „Klar doch, kein Ding."

„So ein Mist", stöhnte der Junge, „jetzt hab ich nicht nur mein Fahrrad eingebüßt, sondern auch 'nen Schuh. Ich bin übrigens Dominik."

„Hi Dom, ich heiße Paul."

„Dom? Hm, so hat mich auch noch keiner genannt. Klingt cool. Dom."

Paul begann zu zittern. „Mir ist kalt."

„Kein Wunder, Mann. Wir sind ja auch total durchnässt."

„Ich rufe am besten mal meine Mutter an." Paul kramte in seiner Hosentasche nach dem Handy. „Au Backe. Das Teil war wohl nicht wasserdicht." Paul überlegte und kratzte sich dabei an der Stirn. „Du sag mal, wo wohnst'n du eigentlich?"

„Ziemlich genau auf der anderen Seite von Villstein."

„Oh. Pass auf, ich nehme dich erst mal mit zu mir, okay? Da kannst du was Trocknes von mir kriegen. Mein Zeug müsste dir eigentlich passen."

Dominik schien Einwände zu haben. „Meinst du, das ist okay für deine Eltern?"

„Aber klar. Los komm. Wir frieren uns sonst noch den Hintern ab." Gerade bemerkte Paul, dass dieser schöne Morgen hier im Wald doch etwas kühl war. „Aber vorher holen wir noch mein Bike ab." Die beiden Jungs machten sich auf den Weg, wieder flussaufwärts, zu der Stelle, an der die Rettungsmission begonnen hatte. Dort angekommen bekam Paul einen großen Schreck.

„Ey Mann, wo ist mein Fahrrad?"

Dominik und Paul suchten das ganze Ufer ab. Von dem BMX-Bike war nichts zu sehen. Offenbar hatte die Strömung das kleine Fahrrad fortgerissen. Traurig und frustriert machten sie sich auf den Heimweg.

Wenig später erreichten sie Pauls Zuhause. Seine Mutter erwartete ihren Sohn bereits. Als sie die Tür öffnete, bekam sie große Augen. Da standen zwei klitschnasse, zitternde Jungs vor ihrer Tür. Einer hatte nur einen Schuh an.

„Paul?" Seine Mutter starrte ihn ungläubig an.

„Darf ich vorstellen? Das ist Dominik."

Pauls Mutter versuchte, die Fassung wiederzuerlangen.

„Was ist passiert?"

„Ich glaube, ich war zufällig zur richtigen Zeit am richtigen Ort", antwortete Paul vor Kälte zitternd.

Seine Mutter machte große Augen. „Wie meinst du das?"

„Er hat mich gerettet", erklärte Dominik leise. „Ich ... ich wäre sonst ertrunken."

Pauls Vater, der das Türgespräch mitbekommen hatte, kam herbei und bat die beiden herein. Mutter holte Handtücher und trockene Kleidung. Anschließend lud sie Dominik zum Frühstück ein.

„Du kannst gern gemeinsam mit uns frühstücken, wenn du möchtest. Allerdings sollten wir wenigstens deine Eltern anrufen." Mutter holte das Telefon.

„Ja, danke. Gerne." Dominik gab seiner Mutter Bescheid und machte sich wie ein Ausgehungerter über die Brötchen her. Paul und seine Eltern staunten nicht schlecht, während Dominik innerhalb kürzester Zeit fünf Brötchen verdrückte. Nachdem sich alle satt gegessen hatten, erzählten Paul und Dominik von ihrem morgendlichen Abenteuer.

Vater machte ein nachdenkliches Gesicht und sagte: „In der Bibel, im Buch des Propheten Jeremia 29,11, gibt es folgenden Ausspruch Gottes:

Denn ich kenne ja die Gedanken, die ich über euch denke, spricht der HERR, Gedanken des Friedens und nicht zum Unheil, um euch Zukunft und Hoffnung zu gewähren.

Paul, erinnerst du dich, was der Arzt im Krankenhaus zu dir sagte?"

Paul überlegte. „Ich glaube, er meinte, dass Gott mit mir noch etwas vorhabe."

Vater nickte. „In der Bibel lesen wir, dass Gott sich um seine Schöpfung kümmert. Das schließt uns Menschen natürlich ein. Ich glaube, er hatte einen Plan. Deshalb warst du heute Morgen so früh wach und wolltest radfahren. So kam es, dass du Dominik helfen konntest."

Pauls und Dominiks Kinnlade klappten runter.

Pauls Vater sagte leise: „Wir sollten unserem Herrn dafür danken." Dann faltete er die Hände, schloss die Augen und sprach:

„Lieber Herr Jesus, wir danken dir, dass du uns in deiner Hand hältst. Danke, dass du einen guten Plan mit unserem Leben hast, dass du Paul in den Wald geführt hast, um Dominik zu retten. Dir sei die Ehre! Amen."

Als Pauls Vater die Augen wieder öffnete, schaute Dominik gedankenverloren aus dem Fenster. „Früher haben wir das auch mal gemacht. Beten, meine ich. Meistens bei meiner Oma. Aber seit sie gestorben ist ..."

„Das ist sehr schade. Weißt du, Gott liebt uns und will gern für uns sorgen", erklärte Pauls Vater.

„Jetzt würde ich aber gern wieder nach Hause gehen." Dominik rutschte unruhig auf seinem Stuhl herum.

„Ja, natürlich. Wir werden dich am besten gleich mit dem Auto heimfahren", bot Pauls Vater an.

„Hm, okay." Nach diesem Morgen war es Dominik nur allzu recht. „Mit einem Schuh läuft es sich eh nicht so gut."

Kurze Zeit später erreichten sie das kleine Haus in der Gartenstraße 15. Neugierig steckte eine von Dominiks Schwestern den Kopf aus dem Fenster. Als sie Dominik erkannte, rief sie nach ihrer Mutter, die schnell zur Tür kam. Dominiks Mutter öffnete die Tür, sah ihren halb barfüßigen Sohn, griff sich an den Kopf und fragte besorgt: „Was ist denn mit dir passiert, mein Junge?"

„Och ... ähm ... halb so wild. Ich war ... baden", druckste Dominik herum.

„Wo warst du denn die ganze Zeit? Wo ist dein Fahrrad? Und was hast du da an?" Dominiks Mutter schien total aufgelöst zu sein.

Pauls Vater nahm das Gespräch auf. „Frau Peters, Dominik hatte einen", er überlegte kurz, „Unfall, am Fluss. Dabei wäre er fast ertrunken. Mein Sohn Paul war glücklicherweise zur Stelle, um ihm zu helfen."

„Ach, du lieber Gott!", platze es aus Dominiks Mutter heraus.

„Ja, Gott hatte wohl tatsächlich etwas damit zu tun", merkte Paul nachdenklich an.

„Äh, was meinst du?" Irritiert schaute sie Paul an.

„Mein Vater hat uns erklärt, dass Gott auf seine Schöpfung aufpasst. Also auch auf uns Menschen. So wie es aussieht, hatte er den Plan, dass ich heute früh aufstehen sollte, um im Wald Fahrrad zu fahren. So traf ich auf Dominik und konnte ihn retten."

„Was? Wie? Gott? Plan?" Dominiks Mutter war das alles zu viel. Sie musste sich erst einmal auf einen Stuhl setzen, sie raufte sich die Haare und murmelte dann: „Nimmt das denn nie ein Ende?"

Pauls Vater fragte erstaunt nach: „Was meinen Sie?"

„Ich ... ähm ... nichts. Gar nichts." Sie winkte beschwichtigend ab. „Dominik, jetzt komm endlich rein. Herr ..."

„Steinbach. Markus Steinbach", ergänzte Pauls Vater den Satz. „Wir sind gestern nach Villstein gezogen."

„Herr Steinbach, ich bin Ihnen zu Dank verpflichtet. Entschuldigen Sie bitte, dass ich so überreagiere. Aber meine Nerven sind seit einigen Jahren ... na ja, nicht die besten."

„Ist schon in Ordnung, Frau Peters. Wenn Sie Hilfe brauchen oder reden wollen – egal, worüber – wir sind gern für Sie da." Paul und sein Vater verabschiedeten sich und fuhren nach Hause. Unterwegs fragte Paul seinen Vater:

„Du, Paps? Dominiks Mutter machte so einen ... zerbrechlichen Eindruck. Was meinst du? Ob mit ihr alles in Ordnung ist?"

„Ja, das ist mir auch aufgefallen. Ich weiß nicht ..."

Paul zuckte mit den Schultern. „Aber vielleicht lag es auch einfach nur an der Situation. Übrigens muss ich dir noch was sagen." Er machte ein verdrießliches Gesicht. „Bei der Aktion heute Morgen hab ich mein BMX-Bike eingebüßt."

Sein Vater zog die Augenbrauen hoch. „Wie das?"

„Als ich Dominik helfen wollte, hab ich nicht darauf geachtet, dass ich mein Fahrrad wohl halb im Wasser hab liegen lassen. Die Strömung muss es fortgespült haben. Und Mamas Handy ist auch nass geworden und jetzt vermutlich nicht mehr zu gebrauchen." Paul fühlte sich gerade ziemlich mies.

„Mein lieber Paul, ich bin sehr stolz auf dich." Vater war für gewöhnlich eher sparsam mit solchen Komplimenten.

„Stolz?" Paul konnte kaum glauben, was er da als Antwort auf sein Geständnis erhielt.

„Was du heute getan hast, erfordert viel Kraft und Mut."

Zögerlich antwortete Paul: „Na ja ... Um ehrlich zu sein, anfangs war ich mir nicht einmal sicher, ob ich das überhaupt machen sollte. Ich hatte Angst vor dem schwarzen Mann und der Berg war ziemlich steil und ..."

„Dem schwarzen Mann?", unterbrach sein Vater ihn.

„Ja. Ein großer, kräftiger Mann im schwarzen Anzug. Mit weißen Haaren, um genau zu sein."

„Hm ..." Für einen kurzen Moment kaute Pauls Vater auf seiner Unterlippe herum. Doch dann schüttelte er kurz den Kopf, als wollte er etwas abschütteln, und sagte: „Ich bin froh, dass du deine Angst überwunden hast. Damit hast du den größten Dienst an einem Menschen getan, den du tun kannst.

Du hast dich voll und ganz eingesetzt, um sein Leben zu retten. Paul, du bist super!" Mit diesen Worten klopfte er Paul auf die Schulter und lächelte ihn stolz an.

Helfen macht Freu(n)de

Pauls und Dominiks nasses Erlebnis sollte der Beginn einer großen Freundschaft sein. Bereits am nächsten Morgen rief Dominik an und schlug vor, den Ferientag gemeinsam zu verbringen. Freudig überrascht sagte Paul zu. So kam es, dass Dominik eine Stunde später an seiner Haustür klingelte.

„Hi, Dom!" Paul begrüßte seinen Besucher fröhlich und bat ihn herein. „Leider sieht's noch ein bisschen chaotisch bei uns aus. Ich hoffe, die vielen Umzugskartons stören dich nicht. Wir sind erst vor zwei Tagen eingezogen."

„Hallo, Dominik." Pauls Mutter steckte gerade den Kopf aus der Küche. „Wie geht es dir heute? Hast du den Schreck von gestern überwunden?"

„Na ja, es geht schon." Dominik schaute etwas betreten drein. „Letzte Nacht hab ich ziemlich schlecht geschlafen und komisches Zeug geträumt. Aber das Dümmste daran ist, dass ich jetzt kein Fahrrad mehr habe. Und das ausgerechnet mitten in den Ferien. Neue Schuhe müssen wir auch noch kaufen. Das ist alles nicht ganz so einfach."

Verständnisvoll schaute Pauls Mutter Dominik an. „Es gibt bestimmt eine gute Lösung, Dominik."

Dominik zuckte mit den Schultern. „Das sagen Sie so leicht. Meine Mutter hat ganz schön zu kämpfen, um mich und meine zwei Schwestern zu versorgen."

„Deine Mutter? Und dein Vater?" Pauls Verwunderung schien Dominik nicht besonders zu überraschen.

Dominik holte tief Luft, hielt sie einen Moment lang an und stieß sie langsam wieder aus. „Ich ... habe keinen Vater. Jedenfalls nicht wirklich. Im Grunde kenne ich ihn gar nicht."

„Oh, das tut mir aber leid." Pauls Mutter nahm so etwas immer ein wenig mit, und so fragte sie ihn mitleidig: „Was ist passiert? Ist er gestorben, als du noch klein warst?"

Dominik schaute Pauls Mutter an, mit einem Anflug von Wut, gemischt mit Frustration. „Gestorben würde ich das nicht nennen. Eher: verschwunden. Direkt nach meiner Geburt hat er uns verlassen. Ich habe ihn noch nie gesehen."

Paul konnte es nicht fassen. „Was denn, er hat deine ganze Familie einfach sitzen gelassen?"

„Ja. Irgendwie schon. Meine Mutter erzählte mir, dass ... er, also, dass ich ..." Dominik stockte. Paul konnte deutlich erkennen, dass Dominik mit den Tränen kämpfte. „Ich sollte gar nicht geboren werden. Er drängte meine Mutter zu einer Abtreibung. Aber sie wollte nicht. Letztlich stellte er sie vor die Wahl: er oder ich."

Paul und seine Mutter blickten sich entsetzt an. Bedrückende Stille erfüllte den Raum. Schließlich brach sie das Schweigen.

„Was haltet ihr davon, wenn ich Waffeln backe?"

„Au ja. Das ist eine super Idee, Mami." Gerade kam Lisa angeflitzt. Wenn sie etwas von Waffeln hörte, war sie zur Stelle.

„Das ist übrigens Lisa, meine kleine Schwester", erklärte Paul.

„Hey, ich bin nicht klein", protestierte Lisa.

Amüsiert fragte Dominik nach: „Und? Wie alt bist du?"

„Fast sieben!", kam es wie aus der Pistole geschossen.

„Ah, na das ist wirklich schon ziemlich groß." Dominik tätschelte Lisa den Kopf und stellte sich selbst vor: „Ich heiße Dominik. Und ich bin noch größer als du."

Etwas trotzig verschränkte Lisa die Arme und schaute Dominik frech an. „Aha. Und wie viel größer bist du?"

„Bin fünf Jahre älter als du."

Lisa rollte mit den Augen. „Also 12?"

Dominik nickte.

„Und woher kennst du meinen Bruder?"

„Bist du immer so neugierig?" Dominik grinste und musste unweigerlich an seine Schwester Marianne denken, die auch immerzu die Leute mit Fragen löcherte. „Na ja, Paul habe ich erst gestern kennengelernt. Aber eins steht fest: Er ist mein Freund."

„Freund", hallte es in Pauls Kopf wider. Wow! Er hatte doch gar nicht versucht, Dominiks Freund zu werden. Erstaunlich. „Irgendwie ein tolles Gefühl", dachte Paul. Noch nicht einmal zwei Tage in Villstein und schon einen Freund gefunden. Unglaublich! Inzwischen war Lisa mit Mutter in der Küche verschwunden.

„Also, habe ich jetzt deine ganze Familie kennengelernt?"

„Ja. Komm, wir gehen inzwischen in mein Zimmer", schlug Paul vor.

Auf dem Weg murmelte Dominik vor sich hin: „Waffeln haben wir lange nicht gemacht."

„Sie werden dir schmecken. Meine Mom ist die größte Waffel-expertin diesseits des Ozeans", erklärte Paul voller Stolz. Während sich die beiden Jungs über die neusten Sportwagen unterhielten und Paul sein Teleskop erklärte, merkten sie gar nicht, wie die Zeit verging. Auf einmal klopfte jemand leise an die Tür.

Paul rief: „Herein!"

Es war Lisa. Sie leckte sich gerade noch genüsslich den Finger ab und hatte offensichtlich den Mund ziemlich voll. Mit dicken Backen brabbelte sie: „Waffeln. Es gibt Waffeln. Leeecker Waffeln."

Die Jungs sprangen auf und eilten den leckeren Düften entgegen, die das Haus durchströmten.

„Meine Güte, riecht das gut!", rief Dominik Paul zu, während er ihm hinterhersprintete. Mit großen Augen entdeckte er im Esszimmer einen riesigen Berg Waffeln neben einem ebenso großen Berg Schlagsahne. „Boah, ey. Macht ihr das öfters?"

„Manchmal schon", antwortete Paul. Langsam schwante ihm, dass sein neuer Freund allem Anschein nach nicht allzu häufig solche Besonderheiten erlebte. Paul und seiner Familie ging es eigentlich immer recht gut. Das ein oder andere konnten sie sich leisten, auch wenn sie nicht unbedingt reich waren. Das war einer der Vorteile, dass Vater so viel arbeitete. Er verdiente dabei recht gut. Aber leider war er dadurch selten zu Hause.

Alle Kinder setzten sich, Mutter sprach ein kurzes Dankgebet und ging dann wieder in die Küche. Paul wollte gerade nach der ersten Waffel greifen, als er bemerkte, dass Dominik bewegungslos vor dem köstlich duftenden Berg saß. Für einen Moment schien seine Begeisterung verflogen zu sein.

„Stimmt was nicht?", erkundigte sich Paul bei ihm. „Du machst so einen traurigen Eindruck."

„Ach, weißt du, ich denke gerade an meine beiden Schwestern. Sie essen eigentlich auch gerne Waffeln und ..."

Er hatte den Satz noch nicht beendet, als Mutter den Raum wieder betrat. Als hätte sie es geahnt, stellte sie eine große Plastikbox auf den Tisch, direkt vor Dominiks Nase und sagte lächelnd: „Mach sie auf!"

Dominik zögerte einen Moment, doch dann siegte die Neugier. Er öffnete den Deckel ganz vorsichtig und bekam große Augen. Die ganze Kiste war voller duftender Waffeln.

„Ist das etwa für uns?", fragte Dominik ungläubig.

Pauls Mutter nickte. „Ja, Dominik. Die meisten Kinder, die ich kenne, lieben Waffeln. Als ich hörte, dass du noch Geschwister hast, habe ich einfach ein paar mehr gebacken."

Dominik war hin und weg. „Meine Güte. Frau Steinbach, Sie sind echt die beste Mutti, die es gibt. Ähm ... nach meiner natürlich", fügte er verschmitzt grinsend hinzu.

„Nimm es deinen Schwestern gerne mit und lasst es euch schmecken", sagte Pauls Mutter freundlich lächelnd. „Und jetzt greift ordentlich zu."

Das ließen sich Paul, Dominik und Lisa nicht zweimal sagen. Wie eine ausgehungerte Meute machten sie sich über den Waffelberg her und verdrückten eine Waffel nach der anderen. Es dauerte nicht lange und der Berg war zur Hälfte weggeputzt.

Etwas später am Tag waren Paul und Dominik im Wald unterwegs und spielten Ritter, die mit Ästen fechten. Gerade schlug Dominik in Pauls Richtung, der schlecht parierte und daneben haute.

„Ha! Getroffen. Du bist erledigt. Ergib dich!", rief Ritter Dominik siegessicher.

Paul ließ sich auf die Knie fallen und stöhnte. Dann machte er seine Augen zu Schlitzen und sagte trotzig: „Oh, nein. So leicht kriegst du mich nicht."

Paul erhob seine Klinge und stach von unten in Dominiks Bein. Der schrie auf und sank zu Boden.

„Na? Wer ist nun der Sieger?", fragte Ritter Paul und rappelte sich dabei wieder auf.

„Ich natürlich", antwortete Ritter Dominik und zog Paul mit einem kräftigen Ruck die Beine weg, sodass er wieder hinfiel. Als nun beide so am Boden lagen, mussten sie lachen und balgten sich. Paul bat um eine Pause, denn sein Arm begann wieder zu schmerzen. Nach ihrem freundschaftlichen Kampf ließen sie sich in die Wiese plumpsen und schauten nach oben in die Baumwipfel.

Dominik streckte die Beine von sich und verschränkte die Arme unter dem Kopf. „Weißt du, was doof ist? Wir haben Sommerferien, und ich hab kein Bike mehr. Das ist totaler Mist."

„Warum kaufst du dir kein neues?" Kaum hatte Paul die Frage ausgesprochen, biss er sich auf die Zunge. Dumme Frage.

Dominik setzte sich auf und schaute Paul verständnislos an. „Erwähnte ich schon mal, dass es nicht so leicht für uns ist? Das kann sich meine Mutter nicht leisten. Und meine eigenen Ersparnisse reichen dafür nicht aus."

Paul wurde ganz rot im Gesicht. „Äh, stimmt. Sorry, Dom. Hatte ich glatt vergessen."

„Ja, schon gut." Dom winkte ab und überlegte. „Hm ... ich müsste irgendwie Geld verdienen."

„Und ich helfe dir dabei." Kaum ausgesprochen, wunderte Paul sich über sich selbst. Was hatte er da gerade gesagt? Doch Dominik ließ ihm keine Gelegenheit, um darüber nachzudenken. „Super! Lass uns loslegen." Er sprang auf und war schon halb im Wald verschwunden, als Paul rief:

„Hey, wohin denn auf einmal?" Paul musste sich ganz schön beeilen, um Dominik einzuholen. Sein neuer Freund konnte zwar nicht schwimmen, aber davon abgesehen war er offenbar ziemlich sportlich und ein guter Läufer. „Jetzt warte doch mal."

„Was ist?" Dominik stoppte und schaute seinen Freund voller Tatendrang an.

Paul runzelte die Stirn. „Was hast du vor?"

„Lass mich mal überlegen. Vielleicht könnte ich unsere Nachbarn fragen, ob wir den Rasen mähen können. Mit etwas Glück lassen sie dann was springen."

Mit dieser Idee im Kopf eilten die Jungs zu Dominik nach Hause. Als sie das Grundstück erreichten, stellte Paul erstmals fest, wie viele schöne bunte Blumen, Büsche und Kräutergewächse den Vorgarten zierten.

„Ihr habt es schön hier", meinte Paul anerkennend, während er sich umschaute. „Das war mir gestern gar nicht aufgefallen."

„Ja, danke. Das nennt man übrigens Bauerngarten. Ich glaube, meiner Mutter tut es gut, hin und wieder Zeit hier zu verbringen und sich mit den Blumen zu beschäftigen. Weißt du, ich glaube, das lenkt sie immer ein bisschen ab."

„Du meinst, weil dein Vater abgehauen ist?" Paul ärgerte sich gleich wieder, als er daran dachte.

„Ja, genau. Obwohl das schon so lange her ist, macht sie das immer noch total fertig."

Dominik lief zum Nachbarsgarten und rief über den Zaun: „Hallo, Herr Müller!"

„Ah, Dominik. Schön, dich zu sehen."

„Können wir Ihnen vielleicht beim Rasenmähen helfen?"

Ein älterer, leicht untersetzter Mann mit weißem Bart und flacher Mütze humpelte in Richtung Gartenzaun. Lächelnd begrüßte er die beiden Jungs. „Das ist aber nett von dir, Dominik!"

„Wir helfen gern", bestätigte Paul.

„Wen hast du denn da mitgebracht?", wollte der ältere Herr wissen.

„Das ist Paul, ein Freund. Er ist mit seiner Familie vor zwei Tagen nach Villstein gezogen."

„Ah, ich verstehe. Dann musst du der junge Herr Steinbach sein." Herr Müller musterte Paul und streckte ihm die Hand zur Begrüßung hin.

„Sie kennen uns?", fragte Paul verwundert.

Mit einem wissenden Lächeln auf den Lippen antwortete der alte Mann. „Nun, dein Vater ist ein sehr bekannter Geschichtswissenschaftler. Seine aktuelle Forschungsarbeit zur Analyse der Echtheit unbekannter Quelltexte wird in der Welt der Wissenschaft hoch geschätzt. Ist ein Hobby von mir. Ich freue mich, einen solch bedeutenden Mann in meiner Stadt zu haben."

„In Ihrer Stadt?" Erstaunt schaute Paul Herrn Müller an.

Er erklärte ihm: „Nun, bis letztes Jahr war ich Bürgermeister von Villstein. Nach dreiunddreißig Jahren im Amt kommt es hin und wieder vor, dass ich deshalb von meiner Stadt spreche."

Paul staunte. Nicht nur darüber, dass Dominik so eine wichtige Person als Nachbarn hatte. Natürlich wusste er, dass sein Vater einen guten Ruf genoss. Aber er hatte keine Ahnung, dass man ihn hier schon kennen würde.

„Mensch Kumpel, da habe ich ja 'ne richtige Berühmtheit kennengelernt", witzelte Dominik und verbeugte sich ganz besonders tief vor Paul. Das sah so komisch aus, dass alle lachten mussten.

„Ich würde mich übrigens sehr über eure Hilfe freuen."

Herr Müller wies auf seinen Gehstock, „Seit ich mit dem Stock unterwegs bin, komme ich bei der Gartenarbeit nicht mehr so gut zurecht", erklärte er mit seiner freundlichen Stimme.

Dominik war froh zu hören, dass sie gleich beim ersten Versuch Glück hatten. „Okay, dann legen wir gleich mal los." Fröhlich klatschte Dominik in die Hände und war schon unterwegs zum Geräteschuppen, mit Paul im Schlepptau.

Die nächsten zwei Wochen waren die beiden Freunde von früh bis spät ausgebucht. Es war erstaunlich, wie vielen Menschen sie in Villstein helfen konnten und sogar stattlich dafür entlohnt wurden. Bereits nach der ersten Woche hatte sich ihr Tatendrang so weit herumgesprochen, dass sie regelmäßig angerufen wurden. Am Ende dieser zwei Wochen waren Paul und Dominik in halb Villstein als berühmtes Helferteam bekannt geworden, und man schätzte ihren hilfsbereiten Eifer.

Am Freitagnachmittag saßen sie gemütlich im Blumengarten von Dominiks Mutter. Paul dachte an die letzten Tage zurück. Unwillkürlich musste er lächeln, als er feststellte, dass es viel Spaß gemacht hatte, den Menschen zu helfen. Einfach so. In den meisten Fällen zeigten sich die Leute sogar sehr spendabel. Und dass, obwohl Dominik und Paul niemals Geld verlangt hatten. Ja, vielleicht war der Umzug doch nicht so schlecht.

Eine Sache ließ ihn aber nicht in Ruhe. „Hey Dom, ich muss dich mal was fragen."

„Aber klar doch. Schieß los."

„Seit wir unterwegs sind, stelle ich mir immer wieder eine Frage: Warum erzählst du allen Leuten, dass ich dein Freund bin? Du kennst mich doch erst seit Kurzem. Und so ein toller Kerl bin ich nun echt nicht."

Dominik schüttelte den Kopf. „Sag mal, spinnst du? Natürlich bist du toll! Du bist sogar super toll! Mag sein, dass ich dich noch nicht sehr gut kenne. Aber du hast mir das Leben gerettet. Das sagt 'ne Menge über einen Menschen aus. Außerdem bist du seit zwei Wochen täglich mit mir auf Achse. Wir erledigen gemeinsam Ferienjobs, damit wir Geld verdienen, um mir ein neues Fahrrad zu kaufen. Also, ich weiß nicht, wie sich ein Freund noch beliebter machen könnte."

Paul wurde ganz rot im Gesicht. „Oh, ähm, also ... na ja, so hab ich das noch gar nicht gesehen. Danke, Dom."

In diesem Moment klingelte drinnen das Telefon. Dominik sprang auf und nahm das Gespräch an. Kurz darauf kam er freudestrahlend wieder. „Aufgestanden. Wir haben 'nen Job."

„Ach so? Wo geht's denn hin?" Paul konnte sich niemals überraschen lassen. Er musste einfach immer alles ganz genau wissen.

„Das war das Stadtarchiv. Eine Frau Goldstein-Irgendwas. Wir sollen beim Katalogisieren alter Bücher und dem Sortieren einiger Dokumente helfen. Sie hat uns 50 Euro dafür geboten. Ich schau noch mal schnell nach meiner Mutter. Da sie die letzten zwei Wochen nicht so fit war, will ich sichergehen, dass sie mich nicht braucht, solange meine Schwestern nicht da sind." Kurz darauf erschien Dominik wieder an der Haustür.

„Okay, dann nichts wie los!" Paul verließ den Garten und stoppte. „Ähm ... wohin?"

Grinsend kam Dominik hinterher. „Hier entlang, der Herr."

Als die beiden Jungs am Stadtarchiv ankamen, war es gerade 16 Uhr. Inzwischen hatte das Archiv für die Öffentlichkeit geschlossen, sodass das ganze Rathaus, in dessen Kellergewölben das Archiv beheimatet war, wie ausgestorben wirkte. Paul und Dominik betraten das altehrwürdige Gebäude, das aus einer längst vergangenen Zeitepoche stammen musste. Paul hatte in Vaters Aufzeichnungen schon viele alte Häuser gesehen. Für einen solch alten Bau fanden sich erstaunlich viele Verzierungen an den Säulen und prunkvolle

Gemälde an Wänden und Teilen der Decke. Es musste eines der schönsten alten Häuser Villsteins sein, mutmaßte Paul.

Die Jungs wurden aus ihrer Besichtigungstour gerissen, als sie plötzlich von einer schrillen Stimme gerufen wurden:

„Aha. Na, da seid ihr ja endlich!" Eine ältere Dame, um die sechzig, mit schmalem Gesicht und hochgesteckten grauen Haaren kam schnellen Schrittes auf die beiden Freunde zu.

„Ich dachte schon, ihr habt es euch anders überlegt." Anscheinend hatte sie schlechte Laune. Paul überlegte gerade, ob es eine gute Idee war, hier herzukommen.

„Mein Name ist Frau Goldstein Zyper-Mayer, meines Zeichens Archivarin des städtischen Archivs von Villstein. Und zwar seit vierzig Jahren, wenn ich das betonen darf." Ihre Nase schien besonders weit oben zu stehen, so als würde sie Witterung aufnehmen. Paul konnte sich ein Schmunzeln nicht verkneifen.

„Guten Tag, Frau Goldstein Zypern..." Dominik wollte besonders höflich klingen.

„Goldstein Zyper-Mayer", korrigierte sie ihn prompt, ohne ihn ausreden zu lassen. „Ist denn das so schwer?"

„Also wir, äh, wir sind, ich meine, ich bin Dominik Peters und das ist Paul Steinbach. Sie haben uns ... bestellt." Dominik versuchte so freundlich wie möglich zu klingen. Irgendwie fühlte er sich gerade total eingeschüchtert.

„Das ist korrekt. Kommt einmal mit!" Mit harschem Befehlston winkte die Dame die beiden Jungs hinter sich her und schritt genauso schnell davon, wie sie angekommen war. Die Jungs hatten Mühe, Schritt zu halten. „Hier geht es ins Kellergewölbe des alten Rathauses, ins städtische Archiv. Passt auf die Stufen auf."

Paul und Dominik folgten Frau Goldstein Zyper-Mayer über eine enge steinerne Wendeltreppe in den Keller.

„Wow, das muss ja ein richtig altes Gewölbe sein."

„Wann wurde dieses Rathaus erbaut, Frau Goldstein?" Pauls Interesse schien die schlechte Stimmung der älteren Dame für einen Moment zu vertreiben. Ihr Gesicht hellte sich auf, und sie begann begeistert zu erzählen.

„Du vermutest richtig, junger Mann. Das Rathaus ist tatsächlich sehr alt. Es wurde im frühen 16. Jahrhundert, genauer gesagt im März 1520, erbaut. Damit ist das alte Rathaus das älteste Gebäude Villsteins, das heute noch steht. Aus dieser Zeit stammen auch die alten Kellergewölbe, von denen heute nur noch ein Flügel genutzt wird." Mit ihrer nasalen, schrillen Stimme klang sie richtig anstrengend.

Dominik rümpfte die Nase und hakte nach: „Was ist denn mit den restlichen Gewölbeflügeln passiert?"

„Das", Frau Goldstein Zyper-Mayer zögerte, „weiß niemand so genau. Eigentlich gibt es noch zwei weitere Flügel. Einer führt von dieser Treppe in diese Richtung dort." Sie zeigte auf eine zugemauerte Stelle an der Wand.

„Und der andere?", wollte Dominik wissen.

„Ihr seid ganz schön neugierig, wisst ihr das?" Ohne auf die Frage einzugehen, blieb sie stehen, wandte sich um und blickte die beiden Jungs mit ernstem Blick an. „So, wir sind da. Bevor wir das Archiv betreten, müsst ihr mir eine Sache hoch und heilig versprechen!"

„Und das wäre?" Dominik zog die Augenbrauen hoch.

„Ihr werdet unter keinen Umständen etwas aus dem Archiv entwenden! Alles, was sich hier unten befindet, muss auch hier verbleiben. Ist das klar?"

„Ja, selbstverständlich. Wir sind doch zum Helfen hier und nicht zum Klauen." Dominik war sichtlich beleidigt.

Offenbar bemerkte Frau Goldstein Zyper-Mayer Dominiks Mine und lenkte schnell ein. „Ja ja, in Ordnung. Ich wollte euch auch nichts unterstellen. Aber ihr müsst verstehen, dass ich meine Pflicht erfüllen muss." Für einen winzigen Moment wirkte die alte Dame fast wie eine nette Oma.

Paul war daraufhin etwas irritiert, antwortete aber gehorsam: „Ja, natürlich. Wir halten uns an die Regeln, gnä' Frau."

„Äh, wie bitte?", fragte die alte Dame erstaunt.

„Gnä' Frau. sagt man das nicht so?" Paul wollte mit seinem Geschichtswissen über alte Ansprachen glänzen und schien die alte Dame damit zu überraschen.

„Ja, na ja. Im Grunde schon. Aber heutzutage doch nicht mehr", stotterte sie auf einmal.

„Ach, wissen sie, mein Vater ist Geschichtswissenschaftler. Da habe ich einiges mitbekommen", erklärte Paul lässig.

„Ach, was du nicht sagst." Auf einmal wirkte die Archivarin sehr neugierig. „Wer, sagtest du gleich noch mal, ist dein Vater?"

„Mein Vater?" Plötzlich wurde Paul ganz mulmig zumute. Wieso fragte die Archivarin ihn jetzt über seinen Vater aus? Auf einmal fühlte sich Paul so, als hätte er Mist gebaut und würde nun gleich ausgeschimpft. Doch glücklicherweise kam Dominik ihm zu Hilfe.

„Also, gute Frau. Was sollen wir denn eigentlich für Sie tun?"

„Ach, natürlich ... die Aufgabe. Also gut, folgt mir! Hier entlang." Sie öffnete eine alte, knarrende Kellertür. „Und bitte nichts anfassen! Hier befinden sich Dokumente, die teilweise mehrere hundert Jahre alt sind."

Die Archivarin führte die beiden Jungs einen langen Gang entlang, der nur spärlich beleuchtet wurde. „Anscheinend stammt nicht nur das Haus aus dem Mittelalter", dachte Paul. Links und rechts des Ganges türmten sich hohe Regale mit schier endlosen Mengen an Büchern, Kisten und allerlei altem Zeug.

„Warum riecht das hier so modrig?" Dominik musste husten.

„Nun, hier befinden sich sehr alte Dokumente und Bücher und eine Menge alter Holzregale. Das Kellergewölbe ist nicht ganz trocken, sodass die Bücher über die vielen Jahre Staub und Feuchtigkeit angezogen haben. Natürlich ist das nicht gerade ideal, aber es kümmert sich keiner darum."

Im Vorbeigehen entdeckte Paul Bücher, die sogar schon eine Moosschicht angesetzt hatten. An dieser Stelle fiel sogar ein wenig Sonnenlicht durch ein kleines Kellerfenster.

„Alte Bücher riechen eben so." Frau Goldstein Zyper-Mayers Stimmung schien wieder schlechter zu werden.

Paul konnte sich eines komischen Gefühls nicht erwehren. Irgendetwas stimmte mit dieser Frau nicht. Er wusste nicht, was es war. Aber er entschied, sie genau zu beobachten. Als sie den langen Gang endlich hinter sich gelassen hatten, betraten sie ein großes, rundes Zimmer mit einer Kuppeldecke. Oben an der Decke war eine eigentümliche Malerei zu sehen.

„Willkommen im Atrium!", sagte Frau Goldstein Zyper-Mayer und wies auf das ungewöhnliche Zimmer. „Es ist der einzige Raum, der am Ende des Ganges liegt, durch den wir hierher gelangten. Und hier werdet ihr arbeiten." Sie zeigte auf einen riesigen Berg Bücher und Mappen. „Ich hoffe doch, ihr könnt lesen?", fragte sie plötzlich.

„Machen Sie Witze?" Empört zog Dominik die Augenbrauen hoch.

Ohne ihn zu beachten, nahm sie ein Buch vom Stapel, schlug es auf und hielt es Dominik unter die Nase.

„Oh", murmelte er auf einmal, „das sieht ... alt aus."

„Richtig", bestätigte die Archivarin. „man nennt es altdeutsch. Im Grunde solltet ihr es lesen können. Eigentlich müsst ihr nur beachten, dass das alte ‚s' wie ein ‚f' ohne Querstrich aussieht. Aber auch nur an bestimmten Stellen. Alle übrigen Buchstaben sehen den heutigen ziemlich ähnlich."

„Ach so, das Ding hier. Und ich dachte schon, das sei ein Druckfehler", überlegte Dominik laut.

Die alte Dame rümpfte die Nase und erklärte die Aufgabe. „Also, ihr seht diesen Stapel an Büchern und Dokumenten-mappen. Ihr müsst überall schauen, aus welchem Jahr sie stammen und welchem Inhalt sie zuzuordnen sind. Dabei sortiert ihr die Bücher den Jahreszahlen entsprechend aufsteigend, beginnend mit dem frühesten Datum, das ihr findet. Innerhalb der Jahreszahlen sortiert ihr Sach- bzw. Fachbücher und Romane bzw. Briefe. Das ist schon alles. Habt ihr das verstanden?"

Paul und Dominik drängte sich das Gefühl auf, dass sie hier ausgenutzt würden.

Andererseits winkte eine stattliche Bezahlung. Also bejahten sie die Frage. Die Archivarin drehte sich wortlos um und verließ die beiden. Schon halb verschwunden rief sie noch über die Schulter:

„Wenn ihr fertig seid, kommt ihr nach oben und gebt mir Bescheid."

„Irgendwas an der Sache ist seltsam", meinte Paul.

„Du hast recht. Ich mag die Tante nicht." Dom guckte etwas verärgert hinter ihr her. „Aber egal. Wenn wir das hier erledigt haben, sollten wir mal Kassensturz machen und schauen, was wir in den letzten zwei Wochen verdient haben."

„Einverstanden." Paul nickte, und schon stürzten sich die beiden Jungs in die Arbeit. Nach etwas mehr als drei Stunden hatten sie es fast geschafft. Der Bücherstapel war nahezu komplett sortiert. Dominik lehnte sich stolz zurück und kippelte lässig mit dem Stuhl: „Na, das haben wir doch sauber hingekriegt."

Paul stützte seinen Kopf in die Hände und murmelte völlig in Gedanken versunken: „Wieso wollte die Archivarin wissen, wer mein Vater ist?" Etwas lauter sagte er: „Und wieso hat sie uns angelogen?"

„Was?" Dominik kippte prompt mit dem Stuhl nach vorn und knallte an den Tisch.

„Die Archivarin, Frau Goldstein von Zypern-Dingsbums, sie hat uns eindeutig belogen. Sie hat uns doch erklärt, das hier", Paul machte eine umfassende Handbewegung, „sei das Atrium, zu dem es nur einen einzigen Zugang gäbe. Nämlich den, durch den wir gegangen sind."

„Ja, und? Warum hat sie da gelogen?", fragte Dominik irritiert.

„Ganz einfach. Durch meinen Vater habe ich eine Menge über alte Gebäude gelernt. Deshalb weiß ich auch, dass ein Atrium für gewöhnlich ein zentraler Raum ist. Auf keinen Fall das Ende einer Sackgasse. Von einem Atrium müssten also mehrere Wege wegführen."

Dominik ergänzte: „Oder hinführen."

Paul nickte und schaute sich um. „Hm ... aber so wie es aussieht, gibt es wirklich nur einen Zugang. Merkwürdig."

„Ha!", rief Dominik laut aus und sprang auf. „Ich hab's."

„Was? Wo?" Paul schaute seinen Freund erstaunt an.

„Ist doch ganz einfach. Wenn wir nur einen Zugang sehen, es aber mehrere geben müsste, dann gibt es hier einen ...", Dominik machte eine Kunstpause. Und plötzlich antworteten beide im Chor: „Geheimgang!" Die beiden Freunde schauten sich mit großen Augen an. Allem Anschein nach waren sie Hals über Kopf in ein kleines Abenteuer geraten. Paul dachte über den Geheimgang nach.

„Hey Dom, wenn es hier tatsächlich einen Geheimgang gibt, würde das auch erklären, warum Frau Goldstein so geheimnisvoll tat, als du nach dem dritten Flügel des Kellergewölbes fragtest. Sie hat deine Frage völlig ignoriert. Vielleicht will sie verhindern, dass wir den Gang finden."

„Stimmt. Jetzt bin ich aber neugierig. Los, komm! Wir suchen diesen Geheimgang. Das ist bestimmt spannender, als Bücher zu sortieren", schlug Dominik vor.

„Ja, warum nicht?" Paul war das ganz recht. Sie hatten immerhin schon das meiste geschafft.

Die beiden Freunde begannen damit, die Wände abzusuchen, prüften die Regale und wollten gerade die alten Kerzenleuchter unter die Lupe nehmen, als sie plötzlich ein Geräusch hörten. Es war die Kellertür.

„Los, schnell wieder zum Tisch!", zischte Paul.

Kaum waren die beiden Freunde wieder in die Bücher vertieft, kam Frau Goldstein Zyper-Mayer, die Archivarin, den langen, dunklen Gang entlang und rief schon von Weitem:

„Na? Wie weit seid ihr inzwischen?" Sie erreichte die arbeitsamen Jungs und betrachtete die sortierten Bücherstapel. Wohlwollend sagte sie: „Na, das sieht doch gar nicht mal schlecht aus. Ihr seid sicher bald fertig. Ich kann mich auf euch verlassen, ja? Wenn ihr so weit seid, könnt ihr gerne schon nach Hause gehen. Ich habe noch etwas zu erledigen und werde erst später zurück sein. Die Bezahlung holt ihr am besten im Büro im zweiten Stock ab. Die Sekretärin arbeitet heute länger."

Die Jungs nickten wortlos.

„Gut. Dann arbeitet mal schön weiter." Ohne eine Antwort abzuwarten, machte die alte Dame auf dem Absatz kehrt und verschwand genauso plötzlich, wie sie aufgetaucht war.

„Seltsame Frau." Paul schüttelte den Kopf. „Wir sollten unsere Aufgabe hier erst einmal schnell erledigen. Mit der will ich ehrlich gesagt keinen Ärger haben.

Dominik stimmte zu: „Hast recht."

Es dauerte nicht lange, bis Paul den letzten Mappenstapel unter die Lupe nahm. „Uff, fast fertig!"

„Super!", rief Dominik und klatschte Paul ab. „Dann können wir endlich den Geheimgang suchen." Just in diesem Augenblick öffnete schon wieder jemand die knarrende Kellertür und rief: „Hallo? Sind hier Dominik und Paul?"

„Ja. Wir sind hier hinten", antwortete Dominik. Kurz darauf erschien eine freundliche Frau mittleren Alters bei den beiden Jungs und stellte sich vor: „Hallo. Ihr müsst die beiden fleißigen Helfer sein, Dominik und Paul, richtig? Ich bin Frau Waibling, die Sekretärin."

„Das ist aber schön, dass es hier auch nette Leute gibt", meinte Paul ironisch.

Milde lächelnd antwortete die Sekretärin: „Du sprichst vermutlich von Frau Goldstein Zyper-Mayer, der Archivarin. Ja, sie ist etwas ... speziell. Aber man kommt schon mit ihr zurecht. Weißt du, Menschen, die sich eigenartig verhalten, haben oftmals schlimme Dinge erlebt. Wenn sie dann keine Hilfe finden, können sie das Erlebte nicht richtig verarbeiten."

Dominik sagte leise: „Klingt so, als hätten Sie Erfahrung damit."

Frau Waibling machte einen traurigen Gesichtsausdruck und antwortete: „Ja. Leider."

„Sagen Sie, warum haben Sie nach uns gesucht?", fragte Paul.

„Ach, natürlich. Wer von euch ist Dominik?" Fragend schaute die Sekretärin die beiden Jungs an.

„Das bin ich", meldete sich Dominik und hob die Hand.

„Deine Mutter hat angerufen. Es geht ihr nicht so gut. Sie bittet dich, an den Einkauf zu denken, bevor der Supermarkt schließt."

Dominik klatscht sich an die Stirn. „Oh, Mann! Der Einkauf. Das hatte ich glatt vergessen. Wie spät haben wir's?"

„Es ist gerade 19.45 Uhr geworden."

„Ach, du dickes Ei. Um acht macht der Laden zu." Dominik wurde auf einmal ganz unruhig. „Ich muss sofort los. Zwei Stück Butter, ein Weißbrot, Käse und noch etwas ..." Wie ein aufgescheuchtes Huhn rannte er hin und her. „Wie soll ich das denn schaffen – ohne Fahrrad?"

Hilfe kam von unerwarteter Stelle. „Vielleicht kann ich dir ja helfen", schaltete sich Frau Waibling ein. „Ich fahre dich gern zum Supermarkt. So kommst du rechtzeitig an. Ich müsste auch selbst noch etwas einkaufen."

„Oh, ähm, das ist toll. Danke! Super!" Dominik hechtete durch den Gang, als Paul ihm hinterherrief:

„Hey Dom, wir sind doch noch nicht fertig. Die Mappen ..."

Frau Waibling konnte auch dieses Problem lösen: „Am besten kommt ihr morgen noch einmal vorbei. Aufgrund einer Anfrage bin ich vermutlich den ganzen Samstag im Büro." Nun beeilte sie sich, um Dominik noch zu erreichen. Sie rief

Paul noch schnell zu: „Wenn du gehst, lass bitte die Tür ins Schloss fallen. Danke!"

Mit einem Mal war Paul allein im Atrium des Kellergewölbes. Es war totenstill. Bei der schummrigen Beleuchtung war ihm seltsam zumute. Angst stieg in ihm auf. Ohne Dominik wollte er hier nicht weitermachen. Der Geheimgang musste warten. So beschloss Paul, nach Hause zu gehen.

DER GEHEIMGANG

KAPITEL 6

Am nächsten Tag stand Dominik schon um acht Uhr auf der Matte und weckte Paul durch sein Klingeln. Kurz darauf befand er sich an Pauls Bett. Völlig zerknittert schaute Paul durch seine struppigen Haare einen hippeligen Dominik an. „Oh Mann, es ist doch bestimmt noch mitten in der Nacht. Was willst du?"

„Hey, komm schon. Es ist nach acht. Aufgestanden! Der Geheimgang wartet." Mit einem Ruck zog Dominik Paul die Bettdecke weg und warf ihm einen Haufen Klamotten hin, den er soeben vom Stuhl gerissen hatte.

„Ist ja gut. Ist ja gut. Ich komm ja schon. Würdest du bitte unten warten?" Paul gähnte von einem Ohr bis zum anderen.

„Oh, Mann. Willst du mich auffressen? Mach den Mund zu!", witzelte Dominik und schloss die Tür hinter sich.

Als Paul aus dem Bad kam, unterhielt sich seine Mutter gerade mit Dominik über seinen Fahrradwunsch. Er hatte sogar einen Werbeflyer dabei.

„Ey, Mann, das sieht ja cool aus. Ein Mountainbike, mattschwarz mit gelben Warnstreifen, Federgabel und Hornlenker. Nicht übel", nickte Paul anerkennend.

„Wir konnten unsere Sortieraufgabe ja gestern Abend leider nicht beenden. Das machen wir am besten gleich heute Vormittag. Dann schnappen wir uns die Bezahlung, und ich schlachte mein Sparschwein. Ich hab ein gutes Gefühl." Dominik strahlte übers ganze Gesicht, als er an sein neues Mountainbike dachte. In diesem Moment verspürte Paul ein flaues Gefühl in der Magengrube. Vielleicht war es einfach der morgendliche Hunger.

Also ging es erst einmal zum Frühstück. Dominik freute sich, als er zum zweiten Frühstück eingeladen wurde. Er konnte immer essen. „Liegt am Wachstum", hatte seine Oma mal gemeint.

Wenig später machten sie sich auf den Weg. Von den Jungs völlig unbemerkt folgte ihnen an diesem Tag ein aufmerksames Augenpaar, während sie das alte Rathaus betraten. Nachdem sie die Eingangshalle hinter sich gelassen hatten, wunderten sie sich, dass die Tür zur Kellertreppe offenstand. Auf leisen Sohlen schlichen Dominik und Paul die ausgetretene Wendeltreppe hinab.

„Merkwürdig", raunte Paul Dominik zu. „Sieh mal, die Tür zum Archiv steht offen. Hatte die Archivarin nicht erklärt, dass hier wertvolle Dokumente liegen? Wer würde denn hier die Tür offen stehen lassen?"

Dominik öffnete die knarrende Tür ganz und rief in den Gang hinein: „Hallo! Hallo, ist da jemand?" Keine Antwort.

„Mach mal das Licht an", bat Paul.

Kaum hatte Dominik den Lichtschalter betätigt, huschte – kaum wahrnehmbar – ein dunkler Schatten hinter ein Regal. Paul versuchte etwas zu erkennen. „Ist da jemand?", rief er. Doch auch diesmal antwortete niemand. „Komisch." Langsam und etwas unsicher durchquerten sie das Kellergewölbe bis zum Atrium. Der Stapel Dokumentenmappen lag noch genauso da, wie sie ihn gestern Abend verlassen hatten. Die beiden Jungs machten sich an die Arbeit und sortierten die restlichen Dokumente.

Endlich hatten sie es geschafft. Paul atmete tief durch, verschränkte die Arme hinter dem Kopf und kippelte mit seinem Stuhl herum. „Endlich! Hätten wir das auch gepackt. Ich muss zugeben, dass ich jetzt echt gespannt darauf bin, zu erfahren, wie viel Geld wir verdient haben. Hoffentlich reicht es, um dir dein Bike zu kaufen."

Dominik stützte den Kopf auf die Hände und schaute Paul dankbar an. „Als Sarah und Samuel, meine beiden Freunde aus der Schule, in den Urlaub fuhren, hatte ich schon befürchtet, langweilige Ferien überleben zu müssen. Ich hätte nie gedacht, so viel Spaß zu haben und sogar einen neuen Freund zu finden. Noch dazu einen, der gerade erst hergezogen ist."

„Mir ging es ähnlich. Ich hatte Angst davor umzuziehen. Neuer Wohnort heißt ja auch: Du kennst niemanden. Mir fällt es nicht gerade leicht, Freunde zu finden. Hatte echt Bammel. Ich konnte ja nicht wissen, dass ich zufällig an dem gleichen Morgen wie du im Wald sein und dich retten würde."

Dominik schüttelte langsam den Kopf. „Nee du, inzwischen glaub ich nicht mehr, dass es Zufall war, dass du mich gefunden hast. Wie wahrscheinlich ist es, dass jemand sonntags gegen 7 Uhr morgens mitten im Wald unterwegs ist?"

„Hm", Paul machte ein nachdenkliches Gesicht, „vielleicht hat mein Vater ja recht. Er glaubt, dass es Gottes Plan war. Vielleicht ... ist ja doch mehr an der Sache mit Gott dran, als ich bisher angenommen habe. Ich weiß nicht so recht. Ich kann ihn ja gar nicht sehen. Woher soll ich denn wissen, ob er gerade da ist oder ob er zuhört?"

Dominik schlug vor: „Warum fragst du deinen Papa nicht einfach mal? Er scheint sich ja mit Gott und so auszukennen."

„Schlaumeier." Paul kippelte eingeschnappt nach hinten. Zu weit. Laut krachend fiel Paul mitsamt dem Stuhl um. „Aua!" Er rieb sich den Hinterkopf. „Blöder Stuhl."

Dominik lugte grinsend über den Tisch. „Na, mein Guter. Hat dir denn niemand erklärt, dass man nicht kippeln soll?"

„Ha ha. Sehr witzig!", grummelte Paul. Verärgert blieb er am Boden liegen und schaute nach oben. Dabei fiel ihm das kunstvoll gearbeitete Deckenmuster auf. Er rappelte sich wieder auf und betrachtete es genauer. „Wollten wir nicht nach einem Geheimgang suchen?"

„Stimmt." Dominik stand auf und fragte: „Wo fangen wir an?"

Paul war noch ganz in das eigenartige Muster an der Decke vertieft. „Hm, ich denke, wir sollten nach Mustern suchen. Nach etwas, das wie ein Hinweis aussieht. Auffällige Symbole usw."

„Okay, ich such mal." Dominik schaute sich die Regale an, die rings um den Raum herum aufgestellt waren. Er zählte insgesamt sechs Regale im Atrium. „Paul, ist dir aufgefallen, wie gleichmäßig die sechs Regale verteilt sind?"

„Nein. Aber jetzt, wo du es sagst ... interessant." Paul kratzte sich am Kopf und dachte nach.

„Und zwischen jedem Regal gibt es einen zweiarmigen Wandleuchter, sogar über dem Eingang hängt einer. Das macht dann sieben Leuchter. Was meinst du? Ob das etwas zu bedeuten hat?"

Paul überlegte. „Sechs Regale, sieben Wandleuchter. Hm ..." Plötzlich hatte er einen Geistesblitz und erhob den Zeigefinger wie ein Lehrer. „Na, logisch! Wusstest du nicht, dass der Wandleuchter ein beliebter Geheimtüröffner ist? Wir müssen nur den richtigen Leuchter drehen, und schon öffnet sich die Geheimtür."

Dominik zog eine Augenbraue hoch. „Aha. So einfach, ja?" Schließlich drehte er wild an allen Leuchtern herum. Nach links, nach rechts. Er versuchte sogar, sie aus der Wand herauszuziehen. Nichts tat sich. „Also, ich behaupte mal, der Herr Professor Paul irrt. Hast du noch eine andere Idee?"

Paul schaute nach oben. „Hm ... ich weiß nicht. Guck dir mal das Muster an der Decke an. Es ist ziemlich gleichmäßig. Auf der einen Hälfte des Raumes sind weiß-schwarze Quadrate gezeichnet und auf der gegenüberliegenden Seite ist es genau umgekehrt. Das hat bestimmt etwas zu bedeuten."

Dominik hielt den Kopf schief. „Kann es sein, dass an zwei Stellen das Muster bis nach unten geht?"

„Bis zum ..." – „Leuchter!", riefen beide wie aus einem Mund.

„Vermutlich muss man genau diese beiden Leuchter bedienen, die am Ende des Musters angebracht sind. Dom, du bist'n Genie!" Paul lief zu einem der Leuchter und wies Dominik an, zu dem anderen zu gehen. „Bei drei drehen wir die Leuchter nach links. Eins – zwei – DREI." Nichts tat sich. „Okay, das Ganze anders herum. Eins – zwei – DREI." Wieder nichts.

„Ach, menno." Frustriert hängte Paul sich an den Leuchter. Plötzlich gab es einen Ruck. Erschrocken sprang er zur Seite. Doch da war nichts. Alles still.

„Hast du das gehört?"

„Ja. Da war so ein knackendes Geräusch, als du dich an den Leuchter gehängt hast." Jetzt wollte Dominik auch etwas zur Lösung des Problems beitragen. „Vielleicht müssen wir beide Leuchter gleichzeitig runterziehen."

„Gute Idee. Wieder bei Drei. Eins – zwei – DREI." Wieder war ein knackendes Geräusch zu hören. „Also, das war es auch nicht. Aber ich glaube, wir sind auf dem richtigen Weg." Paul lehnte sich an einem der Regale an und schaute nachdenklich nach oben. Da erkannte er es. „Moment mal. Siehst du das Muster an der Decke? Eine Seite hell, die andere dunkel. Das ist genau umgekehrt."

„Ja, das sagtest du bereits", stöhnte Dominik. „Aber Moment mal, vielleicht muss einer von uns den Leuchter runterziehen, und der andere schiebt ihn hoch."

„Damit würden wir eine umgekehrte Bewegung vollziehen. Klingt logisch. Also los, wir versuchen es. Auf drei. Eins – zwei – und", Dominik hob die Hand. „Stopp."

„Was denn jetzt noch?" Paul wurde ungeduldig.

„Wer von uns beiden zieht und wer schiebt denn?" Dominik grinste übers ganze Gesicht.

Als Paul ihn sah, musste er lachen. „Ich glaube manchmal, ich sollte erst denken und dann reden. Du schiebst, ich ziehe. Eins – zwei – DREI."

Plötzlich hörten sie ein lautes Knacken, gefolgt von einem kratzenden, schabenden Geräusch. Mit einem Mal war wieder alles still. Beide starrten auf das Regal links neben Dominik. Es hatte sich zur Seite geschoben und gab den Zugang zu einem schmalen Tunnel frei.

„Wow!" Paul und Dominik staunten. „Also gibt es hier tatsächlich einen Geheimgang."

Neugierig betrat Paul den Tunnel, kam aber nicht weit. Etwa einen Meter vom Eingang des Tunnels entfernt versperrte ihnen eine massive Eisentür den Weg.

„Ein geheimer Gang. Und dann auch noch verschlossen. Nein, so etwas aber auch!" Dominik konnte sich nicht verkneifen, Paul zu necken.

Doch ihn schien das gar nicht zu stören. „Macht nichts. Das ist bestimmt nur das nächste Rätsel. Ich liebe Rätsel."

„Du wirst dich bestimmt super mit Samuel verstehen. Der ist nicht nur unser Computer-Nerd, sondern ebenso ein Rätselfreak. In seiner Freizeit erfindet er Geheimcodes und so'n Zeug."

Paul legte den Kopf zur Seite. „Wer ist Samuel?"

„Hatte ich das nicht vorhin erwähnt? Er und Sarah sind meine beiden besten Freunde. Du wirst sie sicher bald kennenlernen."

„Ach so, bin schon gespannt."

„Übrigens, dieses Rätsel hier wird kompliziert", vermutete Dominik. „Ich sehe nämlich kein Schlüsselloch. Wie sollen wir die Tür öffnen?"

„Schau doch mal genauer hin." Paul wies auf eine Vertiefung in der Mitte der Tür. Vorsichtig schob er eine Abdeckplatte zur Seite. „Voilà. Da ist dein Schlüsselloch."

„Hä? Wo denn? Ich seh da nur so ein komisches Ding."

„Oh, Mann!" Paul schüttelte den Kopf. „Schon mal was von einem Zahlenschloss gehört?"

„Du meinst wohl Buchstabenschloss, oder wo siehst du hier Zahlen?"

„Hm, wir haben hier einen Geheimgang vor uns, der wahrscheinlich sehr alt ist. Schau dir mal diese Tür an. Total verrostet. Und diese Nieten hier. Hab ich noch nie gesehen. Solche Türen gibt es sicher schon seit Ewigkeiten nicht mehr. Diese Tür ist gut und gerne über hundert, zweihundert Jahre alt."

„Und wie hilft uns das weiter?" Dominik hob die Schultern und verstand nicht, worauf Paul hinauswollte.

„Es könnte gut sein, dass wir hier römische Zahlen sehen – mit anderen Worten Buchstaben. Das war früher durchaus üblich."

Inzwischen hatte Dominik die Anzahl der Buchstabenfelder ermittelt. „Dann kannst du mir vermutlich auch erklären, warum es genau vier Felder sind."

„Lass mich mal überlegen. Ich meine mich zu erinnern, bei meinem Vater einmal mehrstellige Buchstaben-Kombinationen gesehen zu haben. Aber ich weiß leider nicht mehr, was das war."

„Also wirklich das nächste Rätsel", stöhnte Dominik und schlurfte ins Atrium zurück.

„Sieht so aus", freute sich Paul. „Jetzt müssen wir nur noch herausfinden, welche Kombination wir benötigen. Mal überlegen ..." Ganz in Gedanken versunken spielte er verschiedene Möglichkeiten im Kopf durch und murmelte vor sich hin: „Es könnte eine Jahreszahl sein. Vielleicht das Jahr der Erbauung des Rathauses oder des Tunnels oder was ganz anderes. Dom, was denkst du?"

„Keine Ahnung. Aber ich könnte mir vorstellen, dass es jemanden gibt, der darüber Bescheid weiß. Wir müssen eh noch unsere Bezahlung abholen. Vielleicht kann uns die nette Frau Waibling, die Sekretärin von gestern Abend, helfen? Soweit ich weiß, muss sie heute arbeiten."

„Gute Idee. Aber bevor wir hochgehen, sollten wir das Regal wieder zurückschieben", schlug Paul vor.

Sie betätigten wieder die beiden Wandleuchter, und wie von Geisterhand bewegt rutschte das Regal an seinen alten Platz zurück. Paul und Dominik ließen den dunklen Gang hinter sich und schlossen die Tür zum Kellergewölbe.

VERGANGENHEIT

KAPITEL 7

Paul und Dominik suchten das Büro im Obergeschoss des Rathauses auf. Im Sekretariat trafen sie auf Frau Waibling, die sich freute, die beiden wiederzusehen. Fröhlich nahm Dominik 50 Euro entgegen. Paul und Dominik klatschten sich ab und waren sehr zufrieden.

„Frau Waibling, Sie kennen doch bestimmt jemanden, der sich mit der Geschichte des Rathauses auskennt", meinte Paul.

„Hm ... lass mich mal überlegen. Der Erste, der mir einfällt, wäre natürlich der ehemalige Bürgermeister, Herr Müller. Er begleitete mehr als drei Jahrzehnte sein Amt. Frau Goldstein Zyper-Mayer, die Archivarin, habt ihr ja schon kennengelernt. Sie weiß recht viel über die Architektur des Hauses. Hilft euch das?"

Die Jungs bedankten sich und verließen das Büro wieder.

Auf dem Weg durch das Vorzimmer stutzte Dominik auf einmal. Abrupt blieb er stehen und runzelte die Stirn. „Was war das gerade?" Paul war schon halb auf der Treppe, als Dominik noch einmal einen Schritt zurücktrat und sein Blick auf ein gerahmtes Foto fiel. Er wurde käseweiß.

Inzwischen war Paul zurückgekommen, weil er sich wunderte, wo sein Begleiter abgeblieben war. „Hey, Dom. Wo bleibst du denn?" Dominik rührte sich nicht. Wie versteinert stand er da und starrte das Foto an der Wand an.

„Dom? Alles klar bei dir? Du siehst auf einmal so blass aus. Was ist passiert?"

Mit zitternder Hand wies Dominik auf ein altes, vergilbtes Foto, das in einem kunstvoll geschnitzten Rahmen an der Wand hing. Es zeigte drei Männer. Der Linke sah aus wie ein Maurer aus alten Zeiten, vielleicht sogar ein Baumeister. Wenigstens nahm Paul das an. Bei näherem Hinsehen entdeckte er eine Maurerkelle in der Hand des Mannes. Der Rechte sah fast wie Indiana Jones aus. Doch jetzt bekam auch Paul einen Schreck. Der mittlere Mann war schwarz gekleidet und hatte weiße Haare. „Dddder schwarze Mann!", entfuhr es Paul. „Der sieht ja genauso aus wie der Typ, der es auf dich abgesehen hatte."

Dominik nickte. „Ich glaub, mir wird schlecht." Schnell nahm er auf einem Stuhl Platz und atmete tief durch.

Paul erlangte schneller die Fassung wieder. Er klopfte erneut an die Bürotür von Frau Waibling und bat um ein Glas Wasser. Sofort kam die Sekretärin, kniete sich neben Dominik und versuchte, ihn zu beruhigen. Inzwischen untersuchte Paul das Bild genauer. Ihm fiel auf, dass der schwarze Mann etwas in der Hand hielt. Ein Buch. Auf dem Buchdeckel war etwas geschrieben. Paul buchstabierte laut: „V e r i t a s. Hm, was soll das bedeuten?", murmelte er.

„Wahrheit." Frau Waibling hob den Kopf und erklärte: „Veritas ist das lateinische Wort für Wahrheit." Nachdem es Dominik wieder etwas besser ging, stand sie auf und sah, welches Bild Paul betrachtete. „Ah, wie ich sehe, interessierst du dich für diese alte Fotografie. Sie ist, glaube ich, schon über hundert Jahre alt. Weißt du, wer diese drei Männer sind?"

Paul schüttelte den Kopf.

Frau Waibling schien es Freude zu machen, ihr Wissen zu teilen. „Also, ganz links, das ist Mr. Maxwell. Von ihm ist nicht viel bekannt. Er soll ein großer Baumeister gewesen sein. Der rechte Mann ..."

Inzwischen war Dominik dazugekommen. „... sieht aus wie Indiana Jones."

Frau Waibling musste schmunzeln. „Ja, so war er wohl auch ein bisschen. Es heißt, er war stets auf der Suche nach mysteriösen Artefakten und verschollenen Schätzen. Sein Name war, Sekunde ... ich muss kurz überlegen ... Monsieur Henri

Emmanuel, glaube ich. Ich muss gestehen, dass ich ihn sehr interessant finde. Er jagte ausschließlich biblischen Schätzen nach. Das heißt, er suchte nach Artefakten und Reliquien, die mit der Bibel zusammenhingen. Wenn ich nicht irre, war er sogar Mitglied eines geheimen Ordens, der inzwischen nicht mehr existiert. Den Namen habe ich gerade vergessen."

Paul hielt es nicht mehr aus und platzte heraus: „Und wer ist dieser Kerl in der Mitte?"

„Uh." Frau Waibling machte große Augen. „Das klingt fast so, als hättest du etwas gegen diesen Mann. Obwohl das eigentlich unmöglich ist. Er ist schon seit langer Zeit tot."

„Nein, ich ähm ... sorry", druckste Paul herum.

„Wie dem auch sei, das ist Sir Walter Crowley."

„Crowley?", entfuhr es Paul lautstark.

„Also, jetzt machst du mich aber neugierig. Du kennst ihn?" Frau Waiblings Verwunderung steckte Dominik an. Beide schauten Paul fragend an.

Jetzt hatte Paul sich in eine ungemütliche Situation manövriert. Konnte er Frau Waibling vertrauen? Durfte er davon erzählen, dass sein Vater diesen Sir Walter Crowley IV. kannte? Paul wurde nervös.

Anscheinend konnte Frau Waibling spüren, wie Paul sich gerade fühlte. „Ist schon okay, wenn du es nicht erzählen möchtest."

Paul fiel ein Stein vom Herzen. Er fasste Mut und fragte: „Dürfte ich mir das Foto ausleihen? Ich würde es meinem Vater gern einmal zeigen. Er ... interessiert sich für Geschichte."

Frau Waibling nickte. Sie nahm den Bilderrahmen von der Wand ab, entfernte das Foto und schob es in eine Hülle. „Hier, bitteschön. Ich hoffe, dass ich dir vertrauen kann. Zwar glaube ich nicht, dass es besonders wertvoll ist, aber es sollte am Montag wieder hier hängen."

„In Ordnung. Vielen Dank, Frau Waibling. Ihnen noch ein schönes Wochenende." Paul und Dominik machten sich auf den Weg und verließen das Rathaus durch den Haupteingang. Draußen angekommen, zupfte Dominik an Pauls Ärmel. „Jetzt halt mal an. Erklär mir bitte, woher du diesen Kerl, den schwarzen Mann auf dem Foto, kennst."

Sie setzten sich auf die Stufen, die zum Eingang des Rathauses führten. Paul holte das Foto aus seiner Jackentasche und betrachtete es eine ganze Weile, ohne etwas zu sagen. Auf einmal schaute er Dominik tief in die Augen und sagte ganz ernst:

„Du musst mir versprechen, niemandem etwas davon zu erzählen."

„Großes Indianerehrenwort!", versprach Dominik.

„Okay, also ... mein Vater ist Geschichtswissenschaftler. Darin ist er ziemlich gut. Letztes Jahr wurde er einmal nach Rom zur Akademie der Wissenschaften eingeladen. Dort traf er einen Sir Walter Crowley IV. Mein Vater beschrieb ihn als schwarz gekleideten Mann mit weißen Haaren, der wohl ziemlich streng dreinschaute. Und dieses Foto hier ... also entweder ist das eine Fälschung oder das hier ist Sir Walter Crowley I. oder II. – ein Vorfahre. Vater erklärte mir auch, dass es schwierig sei, Informationen über ihn zu finden. Das hat alles einen mysteriösen Beigeschmack."

Dominik unterbrach Pauls Ausführungen. „Aber wenn die nach hundert Jahren noch immer auf dieselbe Weise herumschleichen, ist das dann eine von diesen Geheimgesellschaften?"

Paul zuckte mit den Schultern. „Keine Ahnung. Aber wir sollten das Foto meinem Vater zeigen. Vielleicht weiß er mehr." Die beiden Jungs machten sich auf den Weg. Gerade als sie in die Webergasse einbogen, meinte Paul, einen bewegten Schatten wahrgenommen zu haben. Blitzschnell drehte er sich um und suchte die Umgebung ab. Aber da war nichts. Nachdenklich kamen sie zu Hause an. Pauls Vater pflanzte gerade einige Bäumchen entlang der Einfahrt.

„Hey Paps, hast du mal kurz Zeit?", rief Paul hinüber.

Sein Vater war gerade mit einem der kleinen Bäumchen beschäftigt. „Wenn ihr mir eben helft, geht es schneller."

Er setzt die kleine Pflanze vorsichtig in ein Erdloch. „Ich halte das Bäumchen, und ihr schaufelt etwas Erde ins Loch." Gemeinsam war die Gartenverschönerung schnell gepflanzt. Pauls Vater lud die Jungs zu einer Limonade ins Haus ein.

„So, nun erzählt mal. Wobei kann ich euch helfen? Ihr macht mir einen recht gestressten Eindruck."

Aufgeregt fingerte Paul nach dem Foto und überreichte es seinem Vater. Er nahm es und wurde plötzlich ganz ernst.

„Der Mann in der Mitte sieht aus wie ... woher habt ihr das?"

„Aus dem Rathaus", erklärte Dominik. „Es hing an der Wand, in einem geschnitzten Holzrahmen. Ich ... ähm ... mir fiel es auf, als wir unsere Bezahlung abgeholt hatten. Oben im Vorzimmer des Sekretariats. Dieser Mann ... er sieht genauso aus wie der, der mich gejagt hatte, als Paul mich rettete."

Pauls Vater legte das Bild auf den Couchtisch, stand auf und lief im Wohnzimmer auf und ab. Dabei verschränkte er die Arme und zupfte an seinem Bart. Das machte er immer so, wenn er angestrengt nachdachte. „Im Rathaus also. Interessant. Aber wenn er schon hier war ..." Er nahm das Foto und betrachtete es aus der Nähe. Plötzlich bekam er große Augen.

„Nein. Das kann doch nicht ..."

„Papa? Alles okay?" Paul war aufgefallen, wie sein Vater zunehmend unruhiger wurde. So kannte er ihn gar nicht.

Wortlos ging sein Vater mit dem Foto ins Arbeitszimmer. Die Jungs folgten ihm. Sie konnten beobachten, wie er das Foto in den Computer einscannte. Auf dem Bildschirm war nun eine vergrößerte Ansicht des Fotos zu sehen. Deutlich waren wieder die Buchstaben *v e r i t a s* zu lesen. Aber da war noch mehr. Paul versuchte es zu entziffern. „*V e r b u m   e s t   v e r i t a s.* Was soll das bedeuten, Paps?"

„Das, mein Sohn", keuchte Vater aufgeregt, „ist womöglich der Beweis, den ich so lange gesucht habe. *Verbum est veritas* ist lateinisch und bedeutet so viel wie: Wort ist Wahrheit. Erinnerst du dich an unsere Umzugsfahrt? Ich hatte euch doch davon erzählt, wie ich zu meiner Forschungsarbeit kam."

„Ach, du meinst die Legende?", fiel Paul wieder ein.

Dominik bekam große Augen. „Welche Legende?"

Pauls Vater drehte sich zu Dominik um und sah ihn prüfend an.

„Du kannst ihm vertrauen, Paps", erklärte Paul.

Schließlich fuhr Pauls Vater fort: „Letztes Jahr stieß ich auf mehrere mysteriöse Hinweise, die von einer Legende sprechen. Das machte mich neugierig. Denn es hieß, diese Legende – sollte sie sich als wahr herausstellen – könnte die Menschheit in ihren Grundfesten erschüttern."

„Jetzt machen Sie mich aber neugierig, Herr Steinbach. Worum geht es denn?"

„Es geht um die Legende der sieben Testamente. Viele halten sie für einen Mythos. Und bis vor einem Jahr war ich auch mehr als nur skeptisch. Der Legende nach bergen die Testamente angeblich echte Beweise für die Bibel, die teils mehrere tausend Jahre alt sein könnten."

Etwas irritiert merkte Dominik an: „Also, in der Schule haben wir gelernt, dass die Bibel von Menschen ausgedacht und von der Kirche umgeschrieben wurde. Alle Geschichten da drin sind erfunden oder von anderen Religionen abgekupfert. Soweit ich mich erinnere, erklärte unsere Geschichtslehrerin, dass es überhaupt keine Beweise gebe für das, was in der Bibel steht."

Etwas traurig schaute Pauls Vater Dominik an und seufzte. „Ja, ich weiß schon. Unser staatliches Bildungssystem hat nichts übrig für den Gott der Bibel. Allerdings ist es absoluter Unsinn zu behaupten, es gebe gar keine Beweise. Das ist schlicht nicht richtig. Ein gutes Beispiel sind die Schriftrollen vom Toten Meer, die in Qumran gefunden wurden. Uralte Schriften, die belegen, dass das Alte Testament damals wie heute fast identisch ist. Also noch vor der Zeit der großen Kirchen geschrieben wurde."

„Ach so? Das wusste ich gar nicht. Ist ja erstaunlich."

„Und jetzt stellt euch mal vor, es würden weitere Beweise auftauchen, die nicht nur Israels Geschichte mit Gott beweisen, sondern auch noch Jesus Christus selbst. Das wäre – im wahrsten Sinne des Wortes – weltbewegend. Dann müssten sich die Menschen nämlich ganz plötzlich die Frage stellen: ‚Was wäre, wenn die Bibel doch stimmt?‘"

„Also suchen Sie nach sieben Testamenten, um die Bibel zu beweisen?", konstatierte Dominik.

„Na ja, nicht direkt. Das heißt, eigentlich suche ich zunächst einmal nach sechs Testamenten."

Paul warf ein. „Und was ist mit dem siebten?"

„Tja, das ist etwas schwierig zu erklären. Denn speziell das Testament 7 ist allem Anschein nach so etwas wie der Höhepunkt der Testamente. Sechs Testamente, die auf ein siebtes hinweisen. Ich weiß leider auch nicht mehr darüber. Aber", und damit wandte sich Pauls Vater wieder dem Computer zu, „dieses Foto hier beweist, dass an der Legende mehr dran ist, als anfangs gedacht. Der Mann in der Mitte hält ein Buch in der Hand, dessen Aufschrift *Verbum est Veritas*, also Wort ist Wahrheit, lautet."

„Sekunde mal", meldete sich Paul zu Wort, „irgendwo habe ich so etwas Ähnliches kürzlich erst gelesen." Er sprang auf und verschwand in seinem Zimmer. Kurz darauf stand er freudestrahlend in der Tür und hielt ein Notizbuch in der Hand.

„Hier ist es." Paul las vor, was auf dem Cover des Buches aufgedruckt war. *Jesus spricht: Ich bin der Weg und die Wahrheit und das Leben. Niemand kommt zum Vater als nur durch mich. Johannes 14,6.*"

Pauls Vater freute sich, dass Paul den Spruch offenbar gelesen hatte. „Ganz genau. Jesus Christus ist die Wahrheit. Am Anfang des Johannesevangeliums kann man noch lesen, dass

Jesus als das Wort beschrieben wird. Fügt man jetzt Wort und Wahrheit zusammen ..."

„Ist das Buch auf dem Foto etwa das erste Testament?", platzte es aus Dominik heraus. Paul riss die Augen auf.

Pauls Vater wurde ganz aufgeregt. „Das wäre gut möglich, Dominik. Ich glaube, hier sind wir auf einer heißen Spur. Denn wenn der Mann auf dem Foto tatsächlich eines der sieben Testamente in der Hand hält ..."

Pauls Vater lehnte sich zurück. „... wäre die Legende damit nahezu erwiesen. Der Aufschrift des Buches zufolge wäre dies das sagenumwobene Buch der Wahrheit. Doch leider gibt es ein kleines Problem."

„Ohne wäre es ja langweilig", grinste Paul.

Vater erklärte: „Vor etwa hundertfünfzig Jahren gab es einen Anschlag auf den Orden der Archivare. Und zwar einen Tag, nachdem man das Buch der Wahrheit angeblich gefunden hatte. Ihr müsst euch das vorstellen: Seit fast zweitausend Jahren galten die Testamente als verschollen und wurden so zur Legende. Gerade als das erste Testament gefunden wurde, verschwindet es gleich wieder. Ziemlich eigenartig."

„Momoment mal." Paul stoppte seinen Vater. „Ich habe noch nie etwas von einem Orden der Archivare gehört."

Vater erklärte: „Das ist auch wenig verwunderlich, da er heutzutage kaum noch bekannt ist. Der Orden der Archivare wurde im 1. Jahrhundert nach Christus auf der Insel Zypern gegründet. Damals fanden sich mehrere Menschen zusammen, um möglichst viele Beweise sicherzustellen, die aufzeigen konnten, dass Jesus Christus tatsächlich gelebt hatte und weit mehr war als nur ein netter Mensch. Dem Orden schlossen sich alsbald verschiedene Berufsgruppen an: Historiker, Schreiber, Kundschafter, Baumeister und Boten. Es heißt, der Orden konnte Artefakte und Dokumente sicherstellen, die schon zu dieser Zeit teils über 1700 Jahre alt waren – quasi aus der Zeit Moses stammten. Als damals die Christenverfolgung zunahm, zog sich der Orden immer weiter in den Untergrund zurück. Der Legende nach wurden die wichtigsten heiligen Artefakte durch Kuriere in verschiedene Teile der Welt gesandt. Damit wollte man verhindern, dass sie in falsche Hände gerieten."

„Die sieben Testamente", konstatierte Paul.

„Genau. In den ersten zwei Jahrhunderten gab es immer wieder Christenverfolgungen. Als Kaiser Konstantin das Christentum im Jahr 313 n. Chr. offiziell etablierte und die Verfolgung damit aufhörte, hatte sich der Orden der Archivare schon fast aufgelöst. Nur wenige wussten noch von dessen Existenz und seinem Vermächtnis."

„Was wurde aus den Testamenten?", fragte Dominik.

„Die sieben Testamente blieben verschollen. Bis heute."

„Krasse Geschichte." Dominik hatte rote Ohren bekommen. Er liebte spannende Geschichten.

Inzwischen analysierte Pauls Vater das Foto weiter. Plötzlich rief er: „Das gibt's doch nicht!"

Dominik und Paul machten lange Hälse. „Was denn?"

Langsam drehte Pauls Vater das Bild auf dem Bildschirm und zoomte weiter hinein, direkt auf den kleinen, linken Finger des schwarzen Mannes. Jetzt war ganz deutlich zu sehen, dass an seinem Finger ein Ring steckte.

„Sieht aus wie ein Ring", vermutete Paul.

Sein Vater ergänzte: „Ein Siegelring, um genau zu sein. Soweit mir bekannt ist, soll das Buch der Wahrheit mit einem ausgeklügelten Schutzmechanismus versehen worden sein, der verhinderte, dass die falschen Leute an den Inhalt gelangten. Um das Buch zu öffnen, soll es zwei Schlüssel geben. Einer der Schlüssel soll ein Siegel tragen. Das Siegel der Archivare."

„Und Sie meinen, dieser Siegelring könnte der Schlüssel zum Buch sein?" Dominik war auf einmal ganz kleinlaut geworden.

„Ja, ich glaube schon. Es gibt Hinweise, die dafür sprechen. Allerdings sind beide Schlüssel vor langer Zeit verschwunden. Mich wundert, dass Sir Walter Crowley offenbar den Siegelring und das Buch besaß. Eigentlich waren beide Artefakte im Besitz der Archivare. Ich wusste gar nicht, dass Crowley auch ein Archivar gewesen sein sollte. Das Bild müsste demnach wenigstens 130 Jahre alt sein. Ich werde morgen eine chemische Analyse durchführen."

„Soll das heißen, dass der schwarze Mann, der mich gejagt hat, DER Crowley ist?" Dominik schnappte nach Luft.

Pauls Vater schüttelte den Kopf. „Nein. Der Crowley, den ich kennenlernte, ist viel zu jung, um der Mann auf dem Foto zu sein. Allerdings könnte der Mann auf dem Foto ein Vorfahre sein. Der schwarze Mann – wie du ihn nennst –, der dir Ärger gemacht hat, ist im Grunde nur ein Handlanger. Eine Art Mitarbeiter für schmutzige Jobs. Als ich in Rom war, lernte ich mehrere von ihnen kennen. Wenn ich es nicht mit eigenen Augen gesehen hätte, würde ich es nicht glauben, aber sie sahen alle total gleich aus. Fast wie Klone. Könnte aber auch an ihrer Mode gelegen haben. Jedenfalls hatten sie alle kurze, weiße Haare, einen tiefschwarzen Anzug und Schuhe aus Schlangenleder, genau wie auf dem Foto. Seht ihr?"

Paul hing noch seinen Gedanken nach. „Paps, wenn Sir Walter Crowley das Buch und den Siegelring schon besaß, warum hat er das Buch dann nicht geöffnet?"

„Nun, ich nehme einmal an, dass ihm noch der zweite Schlüssel fehlte. Allerdings weiß ich nichts darüber."

„Herr Steinbach", Dominik druckste auf einmal herum, „ich glaube, ich sollte Ihnen etwas sagen. Es könnte sein, dass ich genau diesen Ring vor Kurzem gefunden habe."

„WAS?" Pauls Vater sprang erstaunt auf.

Dominik begann zu erzählen: „Nachdem ich Ihre Geschichte jetzt gehört habe, verstehe ich langsam, wieso der schwarze Mann hinter mir her war. Als ich den Ring vor einigen Tagen gefunden hatte, ging ich damit ins Rathaus und wollte nachfragen, ob sich jemand damit auskennt. Nachdem sich dort niemand fand, versteckte ich ihn erst einmal. Aber schon einen

Tag später rief mich ein Mann mit einer gruselig tiefen Stimme an und wollte mir den Ring für 1.000 Euro abkaufen. Da ich nichts damit anfangen konnte, sagte ich zu. Das Geld hätte mir echt was gebracht. Er wollte sich gleich am nächsten Morgen mit mir auf dem Marktplatz treffen. Also an diesem speziellen Sonntagmorgen vor zwei Wochen. Doch als ich so wartete und den Ring betrachtete, kamen mir Zweifel. So beschloss ich, den Ring doch zu behalten, und fuhr wieder nach Hause, um ihn zu verstecken. Danach kehrte ich zum Markt zurück, weil ich wissen wollte, wer mir 1.000 Euro für den Ring geben wollte. Durch ein Missgeschick verriet ich mich in meinem Versteck und so entdeckte mich der schwarze Mann. Ich floh vom Marktplatz und fuhr in den Wald. Dummerweise verfolgte mich der Mann bis in den Wald, wo ich in der Kurve ausrutschte und in den Fluss schlidderte."

„So verhält sich das also. Das wird langsam gefährlich", merkte Pauls Vater an. „Wo hast du den Ring versteckt?"

„Zu Hause, in meinem Zimmer."

„Oh nein! Das ist eine ganz schlechte Idee. Wenn der Ring dort ist, kann er jederzeit gestohlen werden. Wir sollten ihn schnellstens an einen sicheren Ort bringen. Wir haben hier einen eingemauerten Safe im Haus. Am besten fahren wir sofort los. Ich habe kein gutes Gefühl."

Schnurstracks bestiegen sie das Auto und fuhren schnell zu Dominik nach Hause. Pauls Vater stoppte das Auto, und Dominik sprang als Erster heraus. Dicht gefolgt von Paul und seinem Vater durchquerte er den Vorgarten. Vor der Haustür blieb Dominik abrupt stehen. Er wollte gerade nach der Türklinke greifen, als er den abgewetzten und halb zerbrochenen Türrahmen sah. „Oh nein!"

„Allem Anschein nach kommen wir zu spät", stellte Pauls Vater besorgt fest. „Ihr bleibt hier. Ich gehe zuerst hinein und schaue mich um. Wenn die Luft rein ist, rufe ich euch." Nach etwa drei Minuten, die Dominik wie eine Ewigkeit vorkamen, erschien Pauls Vater wieder an der Tür. Er legte Dominik eine Hand auf die Schulter und erklärte ruhig und ernst:

„Dominik, im Haus sieht es ziemlich wüst aus, mach dich auf ein ganz schönes Chaos gefasst. Atme erst einmal tief durch. Okay?"

Unwillkürlich beschleunigte sich Dominiks Puls. Schließlich ging er hinein. „Ach, du Scheiße!", platzte es aus ihm heraus.

Das Haus war völlig durcheinander gebracht worden. Regale waren umgestoßen, der große Wohnzimmertisch umgekippt, Bücher lagen kreuz und quer verteilt, das Sofa war aufgeklappt. Als sie in die Küche gingen, präsentierte sich ihnen dasselbe Bild. Alles durcheinander. Sogar einige kaputte Teller und Tassen lagen verstreut herum. Dominik sank zu Boden. Alle Kraft schien ihn verlassen zu haben. „Wenn das meine Mutter sieht, kriegt sie einen Herzinfarkt."

„Ich werde die Polizei anrufen", sagte Pauls Vater und nahm sein Handy zur Hand.

Schnell ergriff Dominik seinen Arm, schaute ihn durchdringend an und bat: „Herr Steinbach, bitte nicht. Jeden Tag, wenn meine Mutter von Arbeit nach Hause kommt, ist sie fix und fertig. Jedes noch so kleine Problem wirft sie aus der Bahn. Und ich kann ihr nicht helfen. Wenn jetzt noch die Polizei kommt ..."

Pauls Vater nickte kurz und steckte sein Telefon wieder ein.

„In Ordnung. Versuchen wir es erst einmal so." Er richtete einige Regale auf und hob den großen Tisch wieder hoch. Paul klappte das Sofa zu und legte die Kissen zurecht. Als er sah, dass Dominik reglos auf der Schwelle der Küchentür saß, gesellte er sich zu ihm. Paul legte seinen Arm um Dominiks Schultern und sagte: „Dom, auch wenn das jetzt komisch klingt, aber ich bin froh, dass du nicht hier warst, als die Einbrecher kamen."

Jetzt brach es aus Dominik heraus. Er begann zu weinen und vergrub seinen Kopf zwischen den Beinen. Das war alles zu viel für ihn. Paul konnte die Tränen selbst kaum unterdrücken.

Sein Vater setzte sich zu ihnen. Eine Weile saßen sie einfach nur so da. Keiner sagte etwas.

Ganz leise begann Pauls Vater eine Melodie zu summen.

Schluchzend wischte sich Dominik die Tränen aus dem Gesicht. „Das ist ... eine schöne Melodie."

„Das ist die Melodie eines Liedes, die für ein Gedicht von Dietrich Bonhoeffer geschrieben wurde. Dieses Gedicht schrieb er im Gefängnis, als es keinen Ausweg mehr gab.

Dietrich Bonhoeffer wurde eingesperrt, weil er Christ war. Ihm widerfuhren schlimme Dinge. Dennoch hielt er stets an seinem Herrn, an Jesus Christus, fest. Gott gab ihm Kraft und Hoffnung. Er half ihm, alle Schmerzen, alles Schlimme zu überstehen. So dichtete er folgende Zeilen: *Von guten Mächten wunderbar geborgen, erwarten wir getrost, was kommen mag. Gott ist bei uns am Abend und am Morgen und ganz gewiss an jedem neuen Tag.*"

„Danke, Herr Steinbach. Ich glaube, so einen guten Gott können wir alle gebrauchen."

Milde lächelnd nickte Pauls Vater. „Ich denke, wir können uns duzen. Nenn mich einfach Markus, okay? Und du hast natürlich recht. Wir brauchen Gott. In vielen Situationen unseres Lebens. Allerdings sollten wir ihn nicht nur als Trostpflaster verwenden. Er ist so viel mehr."

Das schien ein Stichwort zu sein. Dominik schniefte noch einmal, dann stand er auf. „Herr Stein ... ich meine, Markus, Paul, kommt bitte mit. Ich möchte euch den Ring zeigen."

Paul wunderte sich: „Meinst du, der ist noch hier? Die Einbrecher scheinen doch recht gründlich gesucht zu haben."

Wortlos winkte Dominik ab und ging nach oben in sein Zimmer. Kurz darauf hört man ein schabendes Geräusch, gefolgt von ächzendem Knarren. Als Paul mit seinem Vater ankam, hatte Dominik sein Bett beiseite geschoben und eine Diele aus dem Boden entfernt. Er fingerte gerade in einem Loch unter der Diele herum.

„Tadaaa!", rief er aus und hielt den Ring in die Luft. „Da ist er. Ist es der richtige?"

Behutsam nahm Pauls Vater den Ring entgegen und betrachtete ihn von allen Seiten. Ehrfurcht und Erstaunen waren in seinem Gesicht zu lesen. „Unglaublich! Der verschollene Siegelring der Archivare. Du hast ihn tatsächlich gefunden."

Langsam ließ er sich auf Dominiks Bett nieder. „Seht ihr das kunstvoll gearbeitete A? A für Archivare. Darüber das kleine O für den Orden. Diese beiden Buchstaben sind gleichzeitig ein Hinweis auf Gottes Aussage: Ich bin das A und das O, das Alpha und das Omega. Das meint Anfang und Ende. Endlich halte ich das erste Puzzleteil in den Händen. Wisst ihr, was das bedeutet?"

Paul wusste die Antwort. Freudestrahlend antwortete er: „Dass wir jetzt die sieben Testamente suchen?"

Ein abenteuerlustiges Lächeln breitete sich auf dem Gesicht von Pauls Vater aus. Er nickte, stand auf und verließ Dominiks Zimmer. „Allerdings sollten wir erst eine andere Aktion einschieben", denn soeben erblickte er wieder das Chaos im Haus.

Paul hatte eine Idee. „In den vergangenen zwei Wochen haben wir eine Menge Leute kennengelernt. Vielleicht ist jemand dabei, der helfen kann. Ich werde mal ein paar Anrufe machen. Gibst du mir bitte mal dein Handy, Paps?"

Gesagt, getan. Paul telefonierte quer durch Villstein. Eine Viertelstunde später klingelte es an der Haustür und fünf Helfer waren zur Stelle. Nur wenige Minuten später klingelte es wieder. Und dann noch einmal. Irgendwann wuselte ein Dutzend Leute durchs Haus. Im Nu war fast alles wieder in Ordnung gebracht. Wie sich herausstellte, halfen die Leute sehr gern. Manche wollten sich revanchieren, andere waren einfach sehr betroffen. So kam es, dass das ganze Haus hergerichtet war, noch bevor Dominiks Mutter nach Hause kam.

Gerade als die letzten Helfer nach Hause gingen, begegnete ihnen Dominiks Mutter im Vorgarten. Irritiert schaute sie acht

Männern nach, die in ihre Autos stiegen und davonfuhren. In diesem Augenblick trat Pauls Vater vors Haus und empfing sie.

„Was ... hat das alles zu bedeuten?", wollte sie wissen und stellte erst einmal die Einkaufstüten ab. Pauls Vater bat sie ins Haus und erklärte ihr den Einbruch. Schockiert schlug sie die Hände über dem Kopf zusammen und stöhnte immer wieder: „Oh nein. Oh nein. Oh nein."

Dominik und Paul konnten richtig sehen, wie Pauls Vater mitlitt. Da kam Paul eine Idee. Er sprach kurz mit seinem Vater und lud spontan Dominiks ganze Familie zum Grillabend mit Stockbrot ein.

„Super Idee!", reagierte Dominik prompt. „Wir gehen doch, ja, Mama?"

Müde lächelnd nickte Dominiks Mutter.

Auf dem Heimweg lobte Pauls Vater seinen Sohn: „Die Idee mit dem Grillabend ist super. Das wird sie ein wenig ablenken, und bei dieser Gelegenheit können wir Dominik und seine Familie näher kennenlernen."

Gegen sieben Uhr abends besuchte Dominiks Familie die Steinbachs in ihrem neuen Zuhause. Dominiks Mutter hatte noch einen schönen Blumenstrauß aus ihrem Vorgarten zusammengestellt. Lisa und Paul saßen schon fröhlich beisammen, als Dominik kam und seine beiden Schwestern Marianne und Josefine vorstellte. Paul besorgte noch ein paar Gartenstühle.

„Schau mal, was ich mitgebracht habe." Dominik hielt Paul ein dunkelblaues Sparschwein unter die Nase.

„Ach, das Fahrrad. Das hatte ich glatt vergessen." Paul klatschte sich an die Stirn.

„Na ja, ist auch kein Wunder."

„Lass uns reingehen und nachzählen. Der Esstisch ist groß genug, damit wir alles schön sortieren können." Paul ging mit seinem Freund ins Haus. Noch ehe er etwas sagen konnte, ließ Dominik das Sparschwein aus einem Meter Höhe auf die Tischplatte fallen, die glücklicherweise aus dickem Holz bestand. Es funktionierte. Das blaue Schweinchen zersprang in tausend Teile und legte viele Geldscheine und Münzen frei.

„Du hättest mich wenigstens vorwarnen können", stöhnte Paul. „Ich hol mal den Besen."

„Also, mein Sparschwein enthielt rund 200 Euro, wenn ich nicht irre", erklärte Dominik. „Wie viel haben wir verdient?"

Paul hatte einen separaten Geldhaufen angelegt und gezählt. „Es sind noch einmal fast genau 200 Euro geworden. Super! Gib mir Five!" Paul klatschte Dominik ab.

Dann kramte Dominik nach etwas in seiner Hosentasche. Er holte einen total zerknitterten Werbeflyer eines Sportgeschäftes aus Miehlberg heraus – den Flyer mit seinem Wunschfahrrad.

Doch auf einmal ließ Dominik sich frustriert an die Lehne des Stuhls plumpsen. „Mist!"

„Hey, was ist los?" Irritiert schaute Paul erst Dominik an, dann den Flyer. „Oh. Ach so. Hm", murmelte er. „Dein Fahrrad kostet 477 Euro, und wir haben nur 400 Euro. So ein Mist."

„Sag ich ja."

Zufällig kam Pauls Vater herein und erkundigte sich nach dem Erfolgsergebnis. „Na, Jungs? Wie sieht's aus?"

„Nicht so gut", grummelte Paul. „Uns fehlen 77 Euro."

Sein Vater nahm eine Bibel zur Hand, setzte sich und suchte eine bestimmte Stelle. „Ihr wisst ja inzwischen, dass ich von der Bibel begeistert bin. Ich möchte euch mal etwas vorlesen:

Geh hin zur Ameise, du Fauler, sieh ihre Wege an und werde weise! Sie, die keinen Anführer, Aufseher und Gebieter hat, sie bereitet im Sommer ihr Brot, sammelt in der Ernte ihre Nahrung.

Das steht in der Bibel, im Buch Sprüche, Kapitel 6, 6-8." Pauls Vater sah die beiden fleißigen Jungs an und sagte anerkennend: „Ich bin wirklich stolz auf euch. Ihr hattet ein Problem und habt überlegt wie es sich lösen lässt. Und das Beste: Ihr seid fleißig gewesen. Damit habt ihr genau das getan, was Gott uns empfiehlt, wenn wir etwas erreichen wollen. Wie die Ameisen. Das habt ihr wirklich toll gemacht!"

So viel Lob tat gut. Einen Moment lang vergaßen Paul und Dominik ihren Frust.

Unerwartet sprang Pauls Vater auf und sagte: „Wir müssen los! Ich warte schon mal am Auto." Damit war er auch schon verschwunden.

„Hä? Wohin müssen wir?" Paul und Dominik verstanden nicht. Doch die Neugier trieb sie nach draußen, wo Pauls Vater schon die Autotüren geöffnet hatte und wartete.

Jetzt wurde es mysteriös. Achselzuckend stiegen sie ein und schauten sich fragend an. Gerade kam noch Pauls Mutter kurz dazu und verabschiedete die drei Jungs mit einem merkwürdigen Grinsen im Gesicht. Und schon ging es los. Dominik versuchte sich zu orientieren. Sie verließen Villstein in nördlicher Richtung.

Kurz darauf erreichten sie Miehlberg, die nächstgrößere Stadt. Was wollten sie hier, an einem Samstagabend? Jetzt fuhren sie in die Stadtmitte, bogen vom Marktplatz ab und parkten in einer Seitenstraße. Direkt vor einem Sportgeschäft.

„So, wir sind da." Pauls Vater drehte sich um und sagte: „Aussteigen."

Dominik erblickte das Sportgeschäft – mit einer Mischung aus Hoffnung und Frustration. Deswegen konnten sie nicht hier sein. Es war Samstagabend, da hatte kein Laden mehr geöffnet. Doch was jetzt geschah, haute ihn fast von den Socken.

„Hier entlang." Pauls Vater wies direkt auf den Eingang des Sportgeschäfts. Er klopfte, und sogleich kam ein Mann herbeigeeilt, der ihnen öffnete.

„Ah, hallo Markus. Schön, dich zu sehen. Und wie ich sehe, hast du Verstärkung mitgebracht. Kommt erst mal rein. Ich bin übrigens Felix, ein alter Freund von Markus."

Dominik hob eine Augenbraue. Paul runzelte die Stirn.

Pauls Vater und Felix unterhielten sich eine Weile, während sich die Jungs im Laden umschauten. Es dauerte gar nicht lange, da entdeckte Dominik seinen Traum von Fahrrad. Es war genau dasselbe Modell, das er in der Hosentasche stecken hatte. Dominik zog den zerknitterten Zettel heraus und hielt ihn vor das echte Mountainbike.

„Das ist es", hauchte er voller Ehrfurcht. „In echt sieht es sogar noch viel cooler aus."

Paul hockte sich davor und nickte. „Du hast recht, Dom. Das Teil ist oberscharf." Da entdeckten sie das Preisschild. „477,00 €" war darauf geschrieben.

„Wir sind gleich wieder da", rief Pauls Vater.

„Schau dir mal die Scheibenbremsen an, Dom. Sind das echte Shimano XTs?"

„Hm ... glaub schon", druckste Dominik herum, als die beiden Erwachsenen dazukamen.

„Na, wie ich sehe, hast du deine Wahl bereits getroffen, junger Mann." Grinsend stand Felix plötzlich hinter Dominik. Noch ehe er etwas sagen konnte, fuhr Felix fort: „Dieses Modell ist heute übrigens im Sonderangebot."

Dominik bekam große Augen. „Ach, tatsächlich?"

„Ja. Heute und nur heute gibt es dieses Mountainbike für", er nahm einen Aufkleber zur Hand und klebte ihn über das alte Preisschild, „exakt 400 Euro."

„Gekauft!", schrie Dominik vor Freude.

„Oh Mist", wandte Paul ein. „Jetzt haben wir unser Geld auf dem Tisch liegen lassen."

Pauls Vater zog einen Briefumschlag aus seiner Jackentasche und hielt ihn den Jungs unter die Nase. „Braucht ihr das hier?"

„Wann hast du ...?" Paul grübelte. Dann machte es klick. „Ha! Ich weiß. Mama hat das Geld schnell eingesammelt, als wir uns angezogen haben. Sie hat so komisch gegrinst."

Pauls Vater lachte.

Dominik dagegen staunte. „Toll, Herr Steinbach, äh, Markus. Du denkst echt an alles. Vielen Dank!" Er konnte es noch gar nicht fassen. Mit zitternden Händen bezahlte Dominik und nahm sein neues Fahrrad überglücklich in Empfang. Draußen sprang er auf und fuhr gleich damit nach Hause. Fröhlich lachend schauten Paul, sein Vater und Felix ihm nach.

„Danke noch mal für dein Entgegenkommen, Felix", bedankte sich Pauls Vater.

„Ach was, kein Ding. Mach ich doch gern für meine Freunde."

Paul und sein Vater verabschiedeten sich und liefen zurück zum Auto. Auf einmal blieb Paul stehen und wurde todunglücklich. Fast begann er zu weinen.

„Hey, Paul. Was ist denn auf einmal los?" Sein Vater umarmte ihn herzlich. „Ihr habt es geschafft. Absolut super Leistung."

„Ja, schon", seufzte Paul, „aber ... ich, ich meine, ich hab ganz vergessen, dass ich ja auch kein Fahrrad mehr habe. Jetzt habe ich die ganze Zeit für Dominik gearbeitet, und ich ..." Schnell wischte er sich eine Träne aus dem Gesicht. Er wollte jetzt auf keinen Fall undankbar erscheinen. Immerhin freute er sich sehr für Dominik, seinen neuen Freund.

Pauls Vater versuchte seinen Sohn zu trösten: „Ich bin der festen Überzeugung, dass es für jedes Problem eine Lösung gibt. Komm, wir fahren erst mal nach Hause. Immerhin muss ich mich um die Grillwürstchen kümmern."

„Pah, Grillwürstchen. Die sind mir gerade so was von egal", murrte Paul und stieg missmutig ins Auto.

Als sie wenig später wieder zu Hause ankamen, wollte Paul sofort aus dem Auto raus, in sein Zimmer. Irgendwie hatte er gerade die Nase voll. Noch ehe er das Haus erreicht hatte, rief ihn sein Vater zurück. „Hey, Paul. Willst du mir nicht helfen?"

Widerwillig schlurfte Paul zum Auto zurück. Sein Vater hatte gerade die Heckklappe geöffnet, und Paul entdeckte eine riesige Pappkiste. Sie nahm so viel Platz ein, dass sogar die hinteren beiden Sitzreihen umgeklappt worden waren. Das war Paul vorhin vor lauter Kummer gar nicht aufgefallen. Gemeinsam hievten sie den Karton aus dem Auto und legten ihn direkt dahinter ab.

Pauls Vater zückte sein Taschenmesser, drückte es Paul in die Hand und sagte: „Da, mach mal auf."

Irritiert machte sich Paul ans Werk. Ein Schnitt an der Links-kante. Einer an der Rechtskante. Jetzt noch der Länge nach. Paul klappte den Karton auf.

„Boah, ey!" Er traute seinen Augen nicht. Da lag fast das gleiche coole Mountainbike wie jenes, das Dominik gerade gekauft hatte. Nur nicht in matt-schwarz wie Dominiks Rad, sondern in matt-grau mit apfelgrünen Designstreifen. Gerade so, wie Paul es am liebsten mochte. Einen weiteren Unterschied gab es. Paul entdeckte einen Aufkleber mit einer kleinen Ameise auf dem Rahmen. Mit großen, feuchten Augen schaute er seinen Vater an, fiel ihm um den Hals und heulte fast: „Danke, Paps. Du bist einfach der Beste. Wenn ich mal groß bin, will ich so werden wie du."

Pauls Mutter, die am Gartenrand stand und ihre Jungs beobachtete, wischte sich heimlich eine Träne von der Wange. In ihrem Herzen dankte sie Gott für all das Gute, dass er ihnen schenkte. Etwas später kam Dominik angeradelt. Total durch-geschwitzt ließ er sich auf einen der Gartenstühle fallen. Die Würstchen waren fertig, und so wurde dieser Abend für die Familien Steinbach und Peters ein richtig schöner Grill-, Stockbrot-, Fahrrad- und Kennenlernabend.

Die geheimnisvolle Höhle

Kapitel 8

Der Sonntagnachmittag lud wieder zum Verweilen an der frischen Luft ein. Paul nutzte die Gelegenheit, um sein neues Mountainbike ein wenig zu testen. Er fuhr in den Villsteiner Wald und folgte dabei einem kaum wahrnehmbaren Trampelpfad über Stock und Stein. Genau das Richtige für sein Bike.

Er fuhr ziemlich schnell auf eine Lichtung zu. Plötzlich musste er scharf bremsen. Beinahe wäre er einen steilen Abhang hinabgestürzt.

„Ui", hechelte er. „Das war aber knapp. Diese Scheibenbremsen sind echt der Hammer." Langsam tastete er sich an den Abgrund heran. Unten in der Schlucht hatte er etwas entdeckt:

„Sieht aus wie ein Höhleneingang! Das muss ich mir unbedingt anschauen." Paul suchte eine günstige Stelle, die nicht zu steil war. Gerade wollte er hinunterfahren, als er auf einmal Männerstimmen hörte, die aus dem Innern der Höhle zu kommen schienen. Sie wurden lauter. Paul hatte Mühe, sein Fahrrad schnell wieder zurückschieben. Gerade als er hinter einem großen Felsen in Deckung gegangen war, verließen zwei Männer die Höhle.

Vorsichtig lugte er hinter seinem Versteck hervor. Da stockte ihm der Atem. Er erkannte einen der beiden Männer: Es war der schwarze Mann mit den weißen Haaren. Er setzte gerade noch eine schwarze Sonnenbrille auf. Paul hielt die Luft an und wagte nicht, sich zu bewegen. Der andere Mann war eher klein und stämmig. Am Höhleneingang unterhielten sich die beiden angeregt. Paul schnappte etwas von einer alten Eisenbahn und einer verschwundenen Eisenschatulle auf. Der weißhaarige Mann drohte dem kleinen mit der Faust. Doch den schien das nicht sonderlich zu beeindrucken. Er zuckte nur mit den Schultern. Dann verschwand der mysteriöse schwarze Mann hinter dem Berg. Paul konnte sehen, dass der Mann offenbar zu seinem Auto ging. „Der schwarze Mercedes", entfuhr es Paul. Zu laut. Der andere Mann hatte es mitbekommen und drehte sich um. Reflexartig huschte Paul wieder hinter seinen Felsen.

„Hey! Ist da jemand?", brüllte der kleine Kerl. Paul verhielt sich mucksmäuschenstill. Was sollte er jetzt machen?

„Wer auch immer da ist, zeigen Sie sich!", rief der Mann jetzt lauter. Paul gab noch immer keinen Laut von sich. Ihm wurde abwechselnd heiß und kalt. Der Mann rief immer weiter. Seine Stimme schien näherzukommen. Da bemerkte Paul, dass er offenbar den Berg hinaufkletterte. Kam er etwa hierher? Ganz langsam wagte er sich aus der Deckung, um nachzusehen.

„Ich weiß, dass da jemand ist. Ich habe es gehört", rief der Mann und war schon ganz nahe.

Paul biss sich auf die Lippe, holte tief Luft und hockte sich langsam hin. Vorsichtig schaute er um die Ecke, am Felsen vorbei. „Ach, du Schreck!", entfuhr es ihm. Der Kopf des Mannes war schon auf der Anhöhe zu sehen. Sofort sprang Paul auf und eilte zu seinem Fahrrad. Er musste es über einen Baumstamm heben. Gerade in diesem Moment kam der Mann oben an und rief:

„Hey du, stehen geblieben!" Er machte Drohgebärden, sodass Paul vor Schreck erstarrte. Langsam, aber bestimmt kam der keuchende Mann näher. Jetzt konnte Paul den stämmigen, alten, runzligen Kerl besser erkennen. Mit seiner Warze an der Nase sah er fast wie ein Zwerg aus einem Fantasyfilm aus. Plötzlich stolperte er und fiel hin. „Argh! Verflixt noch mal!", schimpfte der kleine Kerl, während er sich wieder aufrappelte. Das riss Paul aus seiner Starre. Er drehte sein Fahrrad schnell in die entgegengesetzte Richtung und trat in die Pedale.

„Halt! Bleib hier, du kleiner Wicht! Ich krieg dich!", schrie ihm der runzlige Alte mit seiner kratzigen Stimme hinterher. Aber er hatte keine Chance. Paul war schon auf und davon. Er raste wie ein Wilder durch den Wald und um den Berg herum. Bis er zu einer kleinen Waldstraße gelangte, wo er kurz stoppte und erst einmal Luft holte. Doch die Ruhe währte nicht lange. Plötzlich hörte er Motorengeräusche, die immer näherkamen. Im nächsten Augenblick erschien der schwarze Mercedes hinter dem Berg und fuhr direkt auf ihn zu. Es war derselbe SUV, der hinter Dominik her gewesen war und Pauls Familie auf der Autobahn verfolgt hatte. Ruckartig drehte er sein Fahrrad in Fahrtrichtung und sprang auf. Auf der kleinen Waldstraße konnte Paul viel schneller fahren als mitten im Wald. Aber das Auto leider auch. Gleich hatte es ihn eingeholt. Paul hörte den Motor schon ganz laut aufheulen, als jemand Gas gab. Mit einem Ruck riss Paul den Lenker herum und verschwand mit seinem Fahrrad mitten im Gebüsch. Kurz darauf hörte er das Auto scharf abbremsen. Jemand stieg aus und rief ihm hinterher:

„Wir werden dich finden, kleiner Mann!"

Paul raste querfeldein. Immer weiter, bis er irgendwann völlig außer Atem und total erschöpft ins Gras fiel. Sein Herz raste. Erst jetzt bemerkte er, dass er sich bei der irren Fahrt durchs Dickicht die Arme total zerkratzt und keine Ahnung hatte, wo er überhaupt war. Nach einer kurzen Verschnaufpause rappelte er sich wieder auf und schaute sich um. Überall Bäume und Berge. Er musste ziemlich weit gefahren sein. Er fand nichts, woran er sich hätte orientieren können. Wo sollte er jetzt hin? Wie würde er nach Hause finden? Angst stieg in ihm auf. So tief war er noch nie im Villsteiner Wald gewesen. Paul hatte sich eindeutig verfahren. In der Nähe waren schon die ersten größeren Berge und Felsen auszumachen. Paul lehnte sich an einen Baum und schaute nach oben. Die Sonne schickte ihre warmen Strahlen durch die Baumwipfel.

Und sie war nicht allein dort oben. Immer wenn Paul in den Himmel schaute, dachte er an das riesige und faszinierende Weltall. Da waren die vielen Sterne, die man jetzt nicht sehen konnte. Von da oben hätte man sicher einen tollen Überblick. Paul dachte an sein Teleskop. Damit konnte er immer alles ganz genau beobachten, konnte Sterne und manchmal sogar Planeten sehen. Opa hatte ihm zum Umzug noch ein Erweiterungsset geschenkt, damit er den Mond besser erkunden konnte. Er hatte Paul erklärt, dass der Mond so etwas wie ein Begleiter der Erde sei, wie ein Retter, der ... auf einmal erinnerte sich Paul an die Glückwunschkarte seiner Eltern. Was hatten sie gleich noch mal geschrieben? Paul überlegte. Dann fiel es ihm wieder ein. Jesus ist als Retter auf die Erde gekommen. So stand es geschrieben. Paul schaute zu Boden und überlegte. Ob dieser Jesus auch ihm helfen würde, ihn retten würde? In dieser misslichen Lage – Paul wusste weder ein noch aus – könnte er wirklich Rettung gebrauchen. Aber er hatte noch nie mit Jesus zu tun gehabt. Jedenfalls nicht so richtig. Bei Vater hatte er schon oft miterlebt, wie man mit Jesus spricht, zu ihm betet. Könnte er, Paul, das auch? Einfach so? Er hatte es einmal vor vielen Monaten etwas halbherzig versucht. Ein wenig unbeholfen faltete Paul die Hände, schloss die Augen und begann zu beten:

„Herr Jesus, wir hatten noch nicht viel miteinander zu tun. Aber mein Vater findet dich richtig toll. Er hat mir schon oft gesagt, dass du den Menschen helfen willst." Paul überlegte: „Wenn du mich jetzt hörst, dann hilf mir bitte, den Weg nach Hause zu finden. Amen." Paul öffnete die Augen und schaute sich um. Nichts passierte. Kein übernatürliches Zeichen. Er seufzte. Einen Kompass müsste man jetzt haben.

Er schaute auf seine Uhr. 10.33 Uhr. Auf einmal schien ein Lichtstrahl auf das Ziffernblatt, und die Zeiger leuchteten auf. Da kam ihm eine Idee. Er schaute zum Himmel auf und sagte: „Danke, Jesus!"

Von seinem Vater hatte Paul einige Grundlagen in Überlebenstechnik gelernt. Vater meinte damals, das sei wichtig, falls man sich mal irgendwo verirrte. Paul erinnerte sich daran, wie man ohne Kompass und Landkarte in der freien Natur navigieren konnte wenn man zumindest eine grobe Orientierung hatte. Er wusste, dass die Berge im Osten größer wurden, also irgendwo in der Gegend, wo er sich jetzt befand. Das bedeutete, um nach Hause zu kommen, musste er nach Westen fahren. In die entgegengesetzte Richtung. Paul schaute sich um. Hier waren überall Berge und eine Menge Wald.

„Okay", murmelte Paul, „dann Plan B." Er nahm seine Uhr vom Handgelenk, schaute nach oben und überlegte. „Die Sonne geht im Osten auf, mittags steht sie im Süden und im Westen geht sie unter. Jetzt ist es kurz nach halb elf. Demnach müsste die Sonne jetzt im Südosten stehen." Paul drehte die Uhr so, dass der Stundenzeiger auf die Sonne zeigte. Zwischen 12 Uhr und dem Stundenzeiger war Süden. Wunderbar. Jetzt wusste Paul, wo ungefähr Westen war und in welche Richtung er fahren musste. Los ging's.

Nach etwa fünfzehn Minuten erreichte er eine alte Eisenbahnstrecke. Er war erleichtert. Die Gleise führten ins Tal hinab, wahrscheinlich in Richtung Villstein. Paul hatte richtig vermutet. Nach zehn Minuten Fahrt entlang des alten Bahndamms konnte er den großen Villsteiner Supermarkt erkennen. Wenig später hatte er den Weg nach Hause gefunden. Dort angekommen, stellte er sein Fahrrad ab, schaute noch einmal zum Himmel und war zum ersten Mal froh, dass sein Vater ihm immer so viel von Jesus erzählt hatte.

Beim Mittagessen berichtete Paul seinen Eltern von seinem abenteuerlichen Ausflug. Obwohl sie sich darüber freuten, dass Paul seine ersten Erfahrungen mit Jesus hatte machen können, stiegen Sorgen in ihnen auf. Besonders Pauls Vater bereitete eine Sache Kopfzerbrechen.

„Paul, hör mir bitte zu. Diese Leute – du kennst den schwarzen Mann – gehören zur Sektion13. Jener Organisation, die mich nach Rom holte. Dass du sie ab und an gesehen hast, liegt daran, dass sie meine Arbeit überwachen wollten und deshalb stets in unserer Nähe waren. Bisher galt eine Vereinbarung zwischen ihnen und mir. Im Rahmen unserer Zusammenarbeit sollte meine Familie geschützt, aber niemals verfolgt werden. Wenn dich dieser schwarze Mann jetzt so sehr in Gefahr gebracht hat, bedeutet es, dass sie diese Vereinbarung gebrochen haben. Ich möchte mir gar nicht ausmalen, was ... Sei also bitte extrem vorsichtig, Paul. Vor allem, wenn dir der schwarze Mann wieder begegnet. Verstehst du? Das ist kein Spiel!“

Paul nickte. Sein Vater hatte zweifellos recht. Mit diesem Typ war sicher nicht zu spaßen. Gleich nach dem Mittagessen besuchte Paul seinen Freund Dominik, dem er diese Geschichte unbedingt erzählen musste.

„Meine Güte“, meinte Dominik, „hast du immer so ein spannendes Leben? Bei mir ist nie so viel los. Na ja, bis auf die letzten zwei Wochen.“

„Hast du eine Ahnung, was das für eine Höhle ist, die ich entdeckt habe? Gibt es hier noch mehr Höhlen?“ Paul war neugierig und fragte sich insgeheim, was diese Höhle mit einer Eisenbahn zu tun haben sollte.

Dominik zuckte die Achseln. „Tut mir leid. Darüber weiß ich leider auch nicht viel. Früher gab es in der Gegend einige wenige Bergbaustollen. Aber so genau kenne ich mich damit auch nicht aus. Wollen wir uns diese Höhle mal anschauen? Ist bestimmt spannend.“

„Ich dachte schon, du fragst nie“, grinste Paul. Gemeinsam machten sie sich auf den Weg. Paul hatte etwas Mühe, den Weg wiederzufinden. Schließlich war er beim ersten Mal nur so aus Spaß herumgefahren. Doch nach einiger Zeit fand er den unebenen Trampelpfad. Kurz darauf erreichten sie die Anhöhe vor der Höhle.

Diesmal schien niemand hier zu sein. Zum Glück für die Jungs. Noch eine Begegnung brauchten sie wirklich nicht. Vorsichtig rutschten sie den Abhang hinunter. Dominik schaute sich um und entdeckte einige alte Gleise, die in die Höhle hineinführten.

„Hm, sieht aus wie ein Stollen. Das hier muss einer der alten Bergbaustollen sein. Aber hier draußen?" Dominik kramte in seinem Gedächtnis. „Nee du, dazu fällt mir nichts ein. Wir sollten mal Herrn Müller, meinen Nachbarn, fragen. Er wohnt schon ewig in Villstein. Ich glaube, er ist so eine Art lebendes Lexikon, wenn es um Villsteins Geschichte geht. Ich kann mich aber nicht erinnern, dass er jemals etwas von einem Stollen, so weit weg vom Ort, erzählt hätte."

„Was meinst du?", fragte Paul. „Sollen wir mal reingehen?"

Mit großem Tatendrang schob Dominik sein Fahrrad voraus. Paul folgte ihm. Dabei überquerten sie zwei Gleise, die kurz vor dem Stolleneingang zusammenführten. Viel war nicht mehr zu sehen, alles war mit Gras und Büschen zugewachsen.

„Wir sollten die Fahrräder lieber verstecken", schlug Paul vor. Sie suchten sich eine Nische in der Höhlenwand und stellten die Räder dort ab. Von außen waren sie gar nicht mehr zu sehen. „Ich schlage vor, wir nehmen die Fahrradlampen mit. Da drin wird's dunkel sein."

„Gute Idee." Dominik nahm seine Lampe und leuchtete in die Höhle. „Sieht so aus, als führt ein langer Gang hinein."

Paul überlegte: „Wenn die beiden Männer von heute Vormittag noch nichts gefunden haben, kommen sie vermutlich bald zurück. Wir sollten uns beeilen."

Selbstbewusst ging Dominik voraus, um die Höhle, oder besser gesagt, den alten Stollen zu erkunden. Nach einigen Metern bog ein kleiner Durchgang nach links ab, der allerdings mit dicken Brettern versperrt war. Etwas später entdeckten sie einen weiteren Gang zur Rechten. Dort war ein großes Schild zu lesen: „Achtung, Einsturzgefahr. Nicht betreten!"

„Wir sollten vorsichtig sein." Paul wies auf das Warnschild und fragte sich gerade, ob es eine gute Idee war, hier herumzulaufen.

„HAALLLLOOO!", rief Dominik in die Dunkelheit hinein.

„H A A L L O O", hallte es zurück.

„Das ist ein Echo. Die Höhle muss ganz schön groß sein", vermutete Paul. Da rief auch er: „Hallo, Echo!"

„H a l l o, P a u l!"

Paul fuhr erschrocken herum. „Wer ist da?"

Dominik lachte laut los und musste sich den Bauch halten.

„Ach, bäh. Musst du mich so erschrecken?", meckerte Paul.

„Mensch, Kumpel, war doch nur Spaß. Komm, lass uns weitergehen." Neugierig leuchtete Dominik die Gänge ab. Gemeinsam drangen sie immer tiefer in die Höhle vor. Dabei folgten sie der Schiene, die im Hauptgang verlief.

„Wenn ich mir das hier so anschaue, nehme ich an, dass diese Gleise einmal für kleine Transportwaggons genutzt wurden. Eine Grubenbahn oder so was", vermutete Paul.

„Ja, vielleicht mit solchen kleinen Loren", ergänzte Dominik.

„Loren?"

„Die kleinen Transportwagen nennt man Loren oder Hunte."

„Hunde? Was haben Vierbeiner damit zu tun?"

„Och, Paul. Nicht Hunde, sondern Hunte! Ursprünglich waren das Holzkästen, die man auf Rollen oder Räder montierte, um das Erz oder die Kohle, die gefördert wurde, aus dem Stollen ins Freie oder durch lange, unterirdische Gänge zu transportieren. Diese kleinen Fahrzeuge wurden häufig im Bergbau oder auch über Tage in Feldbahnen eingesetzt."

„Wow! Du kennst dich mit Bergbau aus?", staunte Paul.

„Nein, aber mit Eisenbahnen und Feldbahnen." Dominik blieb stehen und schaute Paul freudig an. „Weißt du was? Wenn wieder Weihnachten ist, besuchst du mich mal zu Hause. Dann bauen wir nämlich wieder meine Modellbahnanlage auf. Das wird cool. Da können wir gemeinsam spielen."

Auf einmal hielt Paul inne und legte den Kopf zur Seite und schritt auf eine bestimmte Stelle zu. Er hatte etwas entdeckt.

„Schau mal, dort." Er leuchtete auf eine Art große Vertiefung in der Felswand. Dominik folgte ihm. Als sie näherkamen, stellte er etwas fest: „Interessant. Das sieht aus wie eine alte Steinmauer. Wer soll denn die gebaut haben?"

„Find ich auch komisch", pflichtete Dominik ihm bei. „Die ganzen Nebenstollen, die wir bisher gesehen haben, sind allesamt mit Holzlatten versperrt. Warum sollte sich jemand die Mühe machen ..."

Ganz aufgeregt fiel ihm Paul ins Wort: „Das ist es! Mensch, Dom, verstehst du denn nicht? Hier befindet sich vermutlich ein geheimer Raum. Das muss der Raum sein, den die Männer gesucht haben. Wahrscheinlich sind sie gar nicht so weit gelaufen und haben ihn deshalb noch nicht entdeckt."

Dominik bekam große Augen. „Was denn? Schon wieder ein Geheimgang? Sag mal, was träumst du eigentlich nachts?"

Paul grinste. „Nichts wie ran an die Mauer. Wir müssen da irgendwie durch." Die beiden Jungs untersuchten die Steine der alten Mauer. Alles schien ziemlich massiv gebaut worden zu sein. Wie sollten sie da nur durchkommen? Paul leuchtete die Mauer von unten bis oben ab. Sie reichte bis zur Decke. Oben sahen die Steine jedoch etwas anders aus.

„Dom, die Steine am oberen Ende der Mauer sehen anders aus als die hier unten. Vielleicht ist da was zu machen."

Dominik schaute nach oben. „Wie sollen wir denn da hochkommen?"

„Wie wär's mit einer Räuberleiter? Ich stelle mich unten hin, und du kletterst auf meine Schultern. Ich hoffe nur, du hast heute nicht zu viel zu Mittag gegessen", grinste Paul.

Gesagt, getan. Paul suchte sich einen sicheren Stand, und schon krabbelte Dominik auf ihm empor.

„Aua. Das war mein Ohr", beschwerte sich Paul.

„Oops. Sorry." Oben angekommen suchte er die Steine ab. Tatsächlich. Einige der Steine waren locker. Exakt drei mittelgroße Steine ließen sich, mit etwas Mühe, herausziehen. Dominik rüttelte und zog die lockeren Steine Zentimeter für Zentimeter vor. Endlich war der erste Stein raus. Dominik legte ihn vorsichtig auf einem Mauervorsprung ab. Dann folgte der zweite.

„Hey, pass doch auf!", brüllte Paul plötzlich. Einer der Steine war heruntergefallen und hätte Paul beinahe erwischt.

„Tut mir leid, Kumpel. Diese Steine sind nicht nur schwer, sondern auch ziemlich glitschig." Nachdem auch der dritte Stein entfernt war, blickte er in ein Loch, das gerade groß genug war, damit er sich hindurchzwängen konnte.

Doch gerade als Dominik hineinschlüpfen wollte, rief Paul plötzlich: „Stopp! Meinst du wirklich, dass es eine gute Idee ist, da einfach reinzukrabbeln? Wir haben doch überhaupt keine Ahnung, was uns dort erwartet."

„Du kannst ja hierbleiben und warten, bis ich mit dem Schatz zurückkomme", witzelte Dominik.

Paul verzog das Gesicht, sagte aber nichts. Dann kroch Dominik durch.

„Und wie soll ich jetzt da raufkommen?", rief Paul hinterher. Stille. Plötzlich knallte ihm ein Seil auf den Kopf. „Aua." Paul rieb sich den Kopf und grunzte: „Also, heute hat er's irgendwie auf mich abgesehen."

„Tschuldigung", hörte er Dominik lachen. „Ich konnte dich leider nicht sehen. Jetzt komm rüber, ich halte das Seil fest."

Paul kletterte an dem alten Seil nach oben und quetschte sich durch das Loch in den angrenzenden Raum. „Oh, das ist aber praktisch, dass hier so was wie eine Treppe gebaut wurde", freute sich Paul, als er drüben ankam.

„Ja, genau. Und vor allem ist es doch interessant, dass jemand daran gedacht hat, hier ein Seil hinzulegen", ergänzte Dominik.

„Du hast recht. Irgendwie ist das merkwürdig. So, als ob der Erbauer dieser Mauer schon damit gerechnet hätte, dass mal jemand hier hineinkommt und dann auch wieder raus muss." Die beiden krochen einen langen, gebogenen Gang entlang. Er war so niedrig, dass selbst Paul und Dominik auf allen Vieren kriechen mussten. Dominik erreichte das Ende des Ganges als Erster, stand auf und blieb wie angewurzelt stehen. Paul wollte auch aus dem Gang rauskriechen, aber sein Freund versperrte ihm den Weg.

„Hey, Kumpel. Darf ich auch mal raus?"

Dominik schien ihn gar nicht wahrzunehmen und antwortete stattdessen: „Du wirst nicht glauben, was ich hier sehe."

„Nein, Mann. Ich glaub's echt nicht. Ich will es selber sehen." Er rüttelte an Dominiks Beinen, der erschrocken zur Seite hoppste.

„Endlich. Ahhh ... endlich wieder aufstehen." Paul streckte sich erst einmal. Dann sah er es. „Ach, du dickes Ei."

Der enge Gang führte zu einem großen Raum. Dominik leuchtete eine große Steintafel an, die sich vor ihnen auftat und wie ein großes Begrüßungsschild über einem halbrund gemauerten Durchgang hing.

„Was ... ist das?" Mit offenem Mund standen Paul und Dominik vor der riesigen Steinplatte. „Das sieht aus wie ... eine in Stein gemeißelte Eisenbahn."

Dominik nickte fröhlich. „Vielleicht meinte der schwarze Mann keine Eisenschatulle, sondern eine Eisenbahnschatulle."

Paul rollte mit den Augen: „Was soll denn das für ein komisches Ding sein? Eine Schatulle, mit einer Eisenbahn drin? Hier unten, in einer geheimen Höhle?"

„Ich habe keine Ahnung", gestand Dominik gedehnt.

„Irgendwo hab ich diese Eisenbahn schon mal gesehen", murmelte Paul. „Nur wo? Wie hieß die noch gleich?"

„Tja, mein Bester. Das habe ich auch schon einmal gesehen. Und ich weiß sogar, wie diese Eisenbahn heißt."

Stolz verschränkte Dominik die Arme und schaute Paul wissenden Blickes an.

„Na? Willst du mich teilhaben lassen an deiner unendlichen Weisheit?" Paul stemmte die Hände in die Seiten und grinste Dominik ein bisschen genervt an.

„Aber selbstverständlich", antwortete Dominik. „Das, mein Freund, ist ein Adler."

Paul zog eine Augenbraue hoch. „Also, jetzt weiß ich bestimmt, dass du mich auf den Arm nimmst. Erst ein Hund, jetzt ein Adler. Was kommt als Nächstes? Ein Drache?"

„Hihi, nein. Wir sprechen hier von einer Eisenbahnlok." Dominik enthüllte sein Geschichtswissen. „Was wir hier vor uns haben, ist eine der ersten Eisenbahnlokomotiven, die es in Deutschland gab. Ich glaube, es war im Jahr 1835, als die erste deutsche Bahnstrecke, zwischen Nürnberg und Fürth, gebaut wurde. Dort wurde erstmals die Lokomotive Adler eingesetzt."

Paul nickte anerkennend. „Ist ja interessant. Das wusste ich noch gar nicht."

Dominik fuhr fort: „Das Lustige war, dass man eine Eisenbahn bauen wollte und weder eine Lokomotive hatte noch jemanden, der die Eisenbahnstrecke hätte bauen können. Der Adler kam schließlich aus England, von Robert Stephenson. Und ein Deutscher, ein Münchner, glaube ich, baute die Bahnstrecke. Und wenn wir uns das Bild einmal genauer anschauen ..."

Paul unterbrach korrigierend: „Relief, meinst du."

„Äh, was?" Dominik schaute Paul irritiert an.

„Ein in Stein gemeißeltes Bild nennt man für gewöhnlich Relief", erklärte Paul oberklug.

„Ach, vielen Dank, Herr Lehrer", grinste Dominik. „Dann kannst du mir sicher auch verraten, was diese Buchstaben da unter dem Relief bedeuten."

Paul las vor: „M C M V. Hm, nein. Tut mir leid. Das sagt mir nix."

Da kam Dominik eine Idee: „Hast du was zum Schreiben? Wir sollten das Sarah und Samuel mal zeigen. Vielleicht haben sie eine Idee. Morgen kommen sie aus dem Urlaub zurück."

„Sarah und Samuel, du meinst deine beiden Schulfreunde?", fragte Paul.

„Ja, genau. Du musst wissen, Sarah ist nicht nur eine gute Freundin aus meiner Klasse. Sie unterhält sich gerne mit unserem Nachbarn, Herrn Müller, weil der alles Mögliche über Villstein weiß. Inzwischen ist sie auch eine richtige Villstein-Expertin geworden. Samuel geht auch auf meine Schule, ist aber eine Klassenstufe über mir." Während Paul die Buchstaben aufschrieb, erforschte Dominik schon den nächsten Raum.

„Boah, ey. Was ist das denn?" Dominiks lautstarkes Erstaunen ließ Paul neugierig werden. Er folgte ihm unter dem großen Steinrelief hindurch in einen quadratischen Raum, in dessen Mitte sich ein großer, viereckiger Steinsockel befand.

Paul schaute sich um und schätzte die Größe des Raumes auf sieben mal sieben Meter. In den vier Ecken des Raumes entdeckte Paul dicke Holzbalken. Der Gewohnheit nach klopfte er daran und hörte, dass sie hohl sein mussten. Sie erweckten einen ziemlich alten Eindruck. Der Steinsockel in der Mitte des Raumes war etwa einen Meter hoch und vielleicht fünfzig Zentimeter breit, ebenfalls mit quadratischer Grundfläche. Neugierig inspizierte Paul den Steinblock. Ringsum befanden sich Symbole, eines auf jeder der vier Seiten. Auf halber Höhe, direkt unterhalb der Symbole, entdeckte Paul leicht herausragende Steinbolzen.

Dominik murmelte: „Die Dinger sehen aus wie Knöpfe zum Draufdrücken." Noch ehe Paul etwas sagen konnte, drückte Dominik fröhlich drauf los. Erst geschah nichts. Doch plötzlich rumpelte es über ihnen. Dann war etwas wie ein leichtes Rauschen zu hören. Auf einmal fiel ein Steinblock vor den Ausgang, und auf zwei Seiten des Raumes zerbrachen die Holzbalken, die Sand in den Raum rieseln ließen.

„Ach, du grüne Neune. Was habe ich getan?" Dominik bekam es mit der Angst zu tun.

Auch Paul wurde es mulmig zumute, doch er versuchte sich zu konzentrieren. „Reiß dich zusammen!", ermahnte er Dominik.

„Erinnerst du dich nicht an Indiana Jones? Der hat so was auch öfters erlebt. Es gibt einen Weg hier heraus."

„Machst du Witze? Das war im Fernsehen. Das hier ist echt!" Dominik wurde fast hysterisch. „Bitte finde schnell einen Ausweg, sonst enden wir als unterirdische Sandmännchen."

Paul untersuchte den Steinblock, während sich die Höhle allmählich mit Sand füllte.

„Vielleicht muss man diese Bolzen oder Tasten in einer bestimmten Reihenfolge reindrücken." Paul überlegte:

„Wahrscheinlich hast du die Falle ausgelöst, als du sie falsch gedrückt hast." Hastig sprang Paul um den Steinsockel herum.

„Über jedem Bolzen ist ein steinernes Bild zu sehen."

„Aber Paul, ich dachte das sind Reliefs", korrigierte Dominik seinen Freund frech grinsend. Anscheinend hatte er sich schon wieder beruhigt.

„Äh ja, natürlich", nickte Paul und fuhr fort: „Warum wurde über jedem Bolzen ein bestimmtes Motiv eingraviert? Das muss eine Bedeutung haben. Wir müssen herausfinden, was diese Reliefs bedeuten. Also das hier ... sieht wie eine Wolke aus."

„Vielleicht eine Dampfwolke?", schlug Dominik vor.

„Wie kommst du darauf?"

„Ganz einfach: Über dem Eingang zu diesem Raum war eine Dampflokomotive zu sehen. Was kommt aus dem Schornstein raus? Dampf."

Sie gingen zum nächsten Relief. „Und das könnte ... keine Ahnung, was das sein soll." Paul schüttelte den Kopf. „Schauen wir mal das nächste an. Dieses hier ist komplett schwarz."

„Schwarz wie Kohle." Dominik wurde schon wieder nervös.

„Und das vierte hier ist eindeutig ein ..."

„SCHLÜSSEL!", riefen beide zugleich.

„Sag mal, sprach dein Vater nicht von einem verschollenen Schlüssel?"

„Du meinst, das könnte der Schlüssel zu dem geheimnisvollen Buch der Wahrheit sein?", vermutete Paul ganz aufgeregt.

„Wir müssen nur erst einmal hier rauskommen, ehe wir meinen Vater fragen können." Inzwischen war schon so viel Sand in den Raum gerieselt, dass ihre Füße komplett verschüttet waren und sie nur noch mühsam herumstapfen konnten. „Wir müssen die Steinbolzen unter den Symbolen vermutlich in der richtigen Reihenfolge reindrücken."

„Also, der Schlüssel ist bestimmt das letzte Symbol, den will man ja finden", vermutete Dominik.

„Könnte sein. Und dann haben wir noch Kohle und Dampf", murmelte Paul vor sich hin. „Kohle und Dampf. Kohle und Dampf. Was kann bloß das vierte Symbol bedeuten?"

Beide standen vor dem vierten Symbol und grübelten. Es sah aus wie ein halbrunder, nach unten geöffneter Bogen. Auf dem Bogen waren kleine Striche drauf.

Dominik überlegte laut: „Es geht vermutlich um eine Eisenbahn. Genauer gesagt um eine Dampfeisenbahn. Immerhin hat hier alles irgendwie damit zu tun. Also, die Dampflok braucht Kohle. Durch die Verbrennung im Kessel wird Dampf daraus. Also muss erst der Bolzen bei der Kohle gedrückt werden und dann der bei der Dampfwolke."

„Und wir vermuten, dass der Schlüssel zum Schluss gedrückt werden muss", ergänzte Paul. „Aber er könnte genauso gut zuerst gedrückt werden müssen. Uff."

Dominik dachte nach: „Was könnte vor der Kohle sein? Wo kommt Kohle her?"

„Wie aus der Pistole geschossen, antworteten beide zugleich: „BERGWERK!"

„Aber n a t ü r l i c h!" Dominik klatschte sich an die Stirn. „Zu Weihnachten stellen wir doch immer diese Lichterbögen oder Schwibbögen genannt, ins Fenster. Das sind symbolische Nachbildungen der damaligen Beleuchtungen der Bergbaueingänge. Wir waren mal im Erzgebirge unterwegs. In der Weihnachtszeit ist das dort sehr weit verbreitet."

Paul fasste zusammen: „Also gut. Zuerst muss die Kohle im Bergwerk abgebaut werden. In der Lokomotive wird die Kohle verbrannt, es entsteht Dampf. Und am Ende erhalten wir den Schlüssel?"

„So muss es sein." Dominik nickte etwas unsicher. „Versuch es einfach!" Inzwischen steckten die beiden bis zu den Knien im Sand.

„Wir haben keine Wahl. Jetzt oder nie." Paul drückte als Erstes den Bolzen mit dem symbolisierten Bergwerkseingang. Es machte klack. Dann schob er den Bolzen mit dem schwarzen Kohle-Relief hinein, und wieder machte es klack.

„Da scheint etwas einzurasten", vermutete Dominik und drückte den Bolzen mit dem Dampf in den Sockel. Und wieder hörten sie ein klack. Mühsam stapften beide zum letzten Symbol.

Paul keuchte: „Jetzt bin ich aber gespannt."

„Wenn du noch lange wartest ..."

Mit einem kräftigen Stoß drückte Paul den letzten Bolzen in den Steinblock. Kaum war der Bolzen versenkt, gab es einen lauten Knall, so als wäre etwas Großes heruntergefallen. Die beiden Jungs zuckten erschrocken zusammen. Der Sandstrom versiegte, und die Steinplatte, die den Eingang versperrte, versank im Boden.

„Juhuu, der Eingang ist wieder offen!", jubelte Dominik.

Auf einmal hörten sie ein kratzendes, scharrendes Geräusch. Der Steinblock begann zu vibrieren. Paul und Dominik schreckten zurück. Plötzlich öffnete er sich. Langsam bewegte sich die Deckplatte nach oben. Jetzt wurde eine Öffnung sichtbar.

„Ein Aufzug", stellte Dominik erstaunt fest. „Da kommt etwas nach oben gefahren."

Kurz darauf hielt der Steinaufzug an. Dom und Paul schauten sich mit großen Augen an. Dominik stotterte vor Aufregung: „Ddd dda das ist eine ..."

„Eisenschatulle!", rief Paul aufgeregt. „Das muss die Schatulle sein, die die beiden Männer gesucht haben." Er nahm das kleine metallische Objekt vorsichtig aus dem Steinaufzug und betrachtete sie aus der Nähe. „Faszinierend. Sie besteht komplett aus Metall und ist gar nicht mal so schwer."

„Und auch ziemlich klein", bemerkte Dominik. Die kunstvoll gefertigte Eisenschatulle war nur einige Zentimeter lang. „Mach sie mal auf. Ich möchte zu gern wissen, was da drin ist."

Paul drehte das Objekt in alle Richtungen und suchte einen Mechanismus. „Ich finde kein Schloss, keine Taste oder irgendetwas zum Öffnen."

„Zeig mal her!" Dominik nahm die kleine Schatulle und kontrollierte jede Seite ganz genau. Links, rechts, oben und unten. Außer einer Menge Verzierungen und Muster war nichts zu sehen. „Uff ... scheint schon wieder ein Rätsel zu sein."

Paul lachte.

„Okay. Aber das lösen wir bitte draußen. Ich will endlich hier raus", sagte Dominik, gab Paul die Schatulle zurück und war schon wieder auf dem Weg zum Durchgang. Paul verstaute die kleine Schatulle in seinem Rucksack und folgte ihm. Sie kletterten wieder durch das enge Loch und schoben die drei losen Steine wieder an ihren Platz. Dann machten sie sich auf den Rückweg. Leider kamen sie nicht weit. Kurz bevor sie um die Ecke biegen wollten, hörten sie plötzlich Stimmen, die vom Eingang der Höhle her kamen.

„Schnell, wir müssen uns verstecken!", ordnete Dominik an und zerrte Paul in einen der Seitenstollen. „Knips deine Lampe aus, Paul. Die kommen in unsere Richtung."

Die zwei Freunde versteckten sich schnell in einem der kleineren Nebenstollen, in der Hoffnung, dort nicht entdeckt zu werden.

„Suchen Sie die ganze Höhle ab! Verstanden?"

Eine tiefe und bedrohlich klingende Stimme verteilte Befehle. Diese Stimme – beide Freunde kannten sie bereits.

„Der schwarze Mann!", flüsterte Dominik. „Er ist wieder da. Langsam krieg ich richtig Angst, Paul."

Was sollten sie jetzt machen? Wenn man sie hier unten fand, was würde geschehen? Paul kaute vor lauter Aufregung auf seiner Lippe herum. Die Stimmen der Männer wurden immer lauter. Inzwischen konnte man hören, dass es mindestens drei Leute waren.

„Die ersten vier Seitenstollen sind leer oder unzugänglich, Sir." Einer der Männer erstattete gerade Bericht. Jetzt waren die Stimmen schon richtig laut geworden. Sie mussten schon ganz nahe sein.

Da erinnerte sich Paul an seine Rettung im Wald, als er sich verirrt hatte. Er zitterte. Ob Gott ihn hier unten in der Höhle auch hören würde? Ob er ihm noch einmal helfen würde? Ob es Gott wirklich gab und die Sache im Wald kein Zufall gewesen war? Paul war unsicher. Doch er versuchte es.

Er flüsterte: „Lieber Gott, im Wald hast du mir geholfen. Ich hoffe, dass du da bist und auf uns aufpasst. Tu doch bitte etwas, damit die Männer uns nicht finden und wir entkommen können. Amen."

„Amen", sagte Dominik unerwartet.

Die nächsten Sekunden kamen Paul wie eine Ewigkeit vor. Er wohnte erst wenige Tage in Villstein, und doch war schon so viel passiert. Jetzt saß er mit seinem neuen Freund in dieser Höhle fest, und vielleicht war nun alles aus. Paul kniff die Augen zusammen.

„Sir, kommen Sie! Wir haben etwas gefunden!", schrie einer der Männer auf einmal durch die Höhle. Prompt öffnete Paul die Augen und wagte einen Blick um die Ecke. Er konnte sehen, wie drei Männer in die große Nische liefen, wo sich die Steinmauer befand, dicht gefolgt von dem schwarzenMann mit den weißen Haaren.

„Was siehst du?", fragte Dominik flüsternd.

„Psst."

Inzwischen hatten sich alle Männer bei der alten Steinmauer eingefunden. Einer sagte: „Sir, diese Mauer muss vor langer Zeit gebaut worden sein. Sehen Sie das hier? Die Steine sind schon stark verwittert und teils spröde. Wir sollten sie entfernen. Wahrscheinlich befindet es sich dahinter."

„Holen Sie Ihre Werkzeuge!", befahl der schwarze Mann und zündete sich eine Zigarre an. Kurz darauf erschienen die drei Männer wieder in der Höhle, mit schwerem Gerät huckepack. Einer hatte eine große Werkzeugkiste dabei. Die zwei anderen schleppten ein großes Metallgerät mit.

„Meine Güte!", flüsterte Paul. „Dom, die wollen doch tatsächlich unseren Gang freilegen. Die haben sogar einen riesigen Bohrer dabei."

Schon im nächsten Augenblick begann der Krach. Wenig später füllte sich die Höhle mit kleinen Staubkörnchen, es sah im Scheinwerferlicht fast wie Nebel aus.

„Das ist unsere Chance!", begriff Dominik und wagte sich aus der Deckung, um sich umzusehen. Offenbar waren alle Männer in der Nische bei der Steinmauer. „Los, Paul. Wir verschwinden!" Dominik zerrte an Pauls Arm. Gemeinsam schlichen sie aus ihrem Versteck und rannten zum Ausgang des Stollens. In ihrer Hast hätten sie beinahe den Mann übersehen, der neben dem Eingang saß und genüsslich ein Brot aß. Doch als er die beiden Besucher bemerkte, sprang er auf und schrie ihnen hinterher:

„Hey, ihr da! Stehen geblieben!"

Hals über Kopf stürzten Paul und Dominik zu ihren Fahrrädern, schwangen sich in die Sättel und traten in die Pedale, als hinge ihr Leben davon ab.

„Mann, bin ich froh, dass wir unsere Fahrräder versteckt hatten", rief Dominik Paul zu.

DAS RÄTSEL DER EISENSCHATULLE

KAPITEL 9

D er letzte Tag war so anstrengend für die Jungs gewesen, dass sie sich erst einmal gründlich ausschliefen. Als Paul erwachte, stand die Sonne schon hoch oben am Himmel und strahlte mit ganzer Kraft auf Pauls Bett. Etwas verschlafen schlich er aus seinem Zimmer und schaute sich um. Niemand war zu sehen. Paul ging die Treppe hinunter. Auf einmal strömte ihm leckerer Bratenduft entgegen.

„Hmm ... das riecht doch nach Mamas berühmtem Schmorbraten. Vielleicht sogar mit diesen leckeren Wickelklößen." Bei diesem Gedanken lief Paul das Wasser im Mund zusammen. Doch eins machte ihn stutzig. Wieso roch es schon am Morgen nach Schmorbraten?

Gerade kam seine Mutter aus der Küche. „Ach, Paul. Guten Morgen. Oder nein ... guten Mittag wohl eher."

„Mittag?", rief Paul erstaunt aus.

Lächelnd nahm ihn seine Mutter in den Arm. „Ihr müsst ja gestern eine Menge erlebt haben. Du warst so kaputt, dass du gleich komplett angezogen ins Bett gefallen und sofort eingeschlafen bist. Wir waren mal so frei, dir wenigstens die Schuhe und die schmutzige Hose auszuziehen. Erstaunlicherweise rieselte eine ganze Menge Sand heraus. Ich wusste gar nicht, dass du noch im Sandkasten spielst", witzelte sie und grinste ihn dabei an. Auf eine liebevolle Art neckte sie ihn gerne. Aber manchmal nervte es auch.

„Nein, Mom. Wir haben nicht im Sand gespielt. Wir wären beinahe darin ... versunken", entgegnete Paul.

Seine Mutter setzte eine ernste Miene auf. „Habt ihr etwa in einer Sand- oder Kiesgrube gespielt? Das ist gefährlich!"

„Nein, nein. Mama. Auf keinen Fall." Paul schüttelte den Kopf und wollte seine Mutter beruhigen. „Um ehrlich zu sein, das kam total unerwartet. Vielleicht solltest du dich erst einmal setzen." Etwas bedächtig setzten sich beide an den großen Esstisch.

„Na, da bin ich aber mal gespannt, mein Junge." Pauls Mutter schaute ihn mit einer Mischung aus Neugier und Besorgnis an. Während Paul die ganze Geschichte erzählte, wurden ihre Augen größer und größer. Fast schienen sie herauszufallen.

Als Paul fertig war, fragte er: „Verstehst du jetzt, warum ich gestern so fertig war?"

Seine Mutter konnte nur nicken. Sie war erstaunt, entsetzt und verblüfft zugleich. Plötzlich sprang sie auf: „Mein Braten!" Überstürzt eilte sie in die Küche und schaute schnell im Ofen nach. „Oh, gut. Gerade noch rechtzeitig", hörte Paul sie sagen.

„Mami? Wie kommt es eigentlich, dass du heute deinen berühmten Schmorbraten vorbereitest? Gibt es einen besonderen Anlass?", fragte Paul.

„Ja ... das wollte ich eigentlich schon eher machen. Aber der Einzug hat mich die letzten zwei Wochen voll in Beschlag genommen. Der Schmorbraten wird unser gemeinsames feierliches Einzugsfestessen."

„Das ist eine tolle Idee!" Paul umarmte seine Mutter, die ihm dabei sanft übers Haar strich.

Leise hauchte sie ihm ins Ohr: „Ich hab dich lieb. Wir wollen doch, dass du und Lisa euch schnell hier einleben könnt und euch wohlfühlt."

„Ich hab dich auch lieb, Mom. Aber weißt du was? Die Sache mit dem Eingewöhnen ist viel interessanter, als ich dachte. Ich hab schon so viel erlebt. Sogar einen neuen Freund habe ich gefunden."

„Übrigens, wenn du Papa nicht in Unterhosen begrüßen möchtest, solltest du dir vielleicht etwas überziehen. Er wird jeden Moment eintreffen", erklärte sie.

„Oops … ich geh schnell duschen und mich anziehen."

Etwas später kam sein Vater nach Hause. Paul öffnete ihm die Tür und begrüßte ihn fröhlich. Gemeinsam begannen sie damit, das Esszimmer vorzubereiten und eine große weiße Tischdecke mit vergoldetem Rand auf dem großen Holztisch auszubreiten. Zu diesem besonderen Anlass deckte Vater den Tisch mit dem wertvollen, antiken englischen Geschirr. Schließlich machten sich die beiden Deko-Expertinnen Lisa und ihre Mutter ans Werk. Mit verschiedenen Bändern, verstreuten Blättern und den gläsernen, geschwungenen Kerzenleuchtern wurde das Esszimmer in einen prunkvollen Salon verwandelt.

Zu Beginn des Festmahls erhob sich Pauls Vater und sprach:

„Meine liebe Familie, ich freue mich, gemeinsam mit euch diesen denkwürdigen Tag begehen zu dürfen." Paul musste grinsen. Doch Lisa, die neben ihm saß, stieß ihn ans Bein und zischte: „Mensch, Paul, du musst doch jetzt ernst sein."

Vater schmunzelte: „Sei nicht so streng, Lisa. Ich bin sehr froh, dass Paul so fröhlich ist. Immerhin wollte er gar nicht umziehen." Er erhob das Glas und sagte feierlich:

„Herzlich willkommen in unserem neuen Zuhause, im neuen Leben der Familie Steinbach in Villstein." Alle prosteten sich zu und genossen den schmackhaften Braten.

Als es Nachmittag wurde, ging Paul in den Garten, legte sich in die Hängematte und schloss die Augen. Plötzlich tropfte Wasser auf sein Gesicht. Er schreckte auf und entdeckte Dominik, der sich angeschlichen hatte und den Gartenschlauch über ihn hielt.

„Na, warte!", rief Paul und rollte sich aus der Hängematte.

„Fang mich doch!" Dominik grinste frech und sauste davon. Aufgestachelt von Dominiks Neckereien versuchte Paul, seinen Freund zu fangen, während sie mehrmals ums Haus rannten. Doch Dominik war einfach zu schnell für ihn. Nach drei Runden gab Paul auf.

Er blieb hinter dem Haus stehen und beugte sich vor, um durchzuatmen. „Okay", keuchte er, „du hast gewonnen."

„Hinter dir." Dominik tippte Paul auf die Schulter.

„Schon schlapp? Da müssen wir echt mal was machen. Wie wäre es mit Joggen, jeden Morgen um sechs?"

Paul ließ sich müde lächelnd ins Gras fallen. „Viel Spaß dabei. Ich mach dir Frühstück."

Dominik setzte sich neben ihn. Gemeinsam ließen sie die letzten Tage noch einmal Revue passieren. Plötzlich sprang Dominik auf. „Mensch, Paul, bei all der Hektik habe ich noch etwas vergessen. Oder besser gesagt, jemanden."

Paul zuckte mit den Schultern. „Was meinst du?"

„Gestern Abend ist Samuel mit seiner Familie aus dem Urlaub zurückgekommen. Heute Nachmittag ist doch seine Geburtstagsfeier." Dominik schaute besorgt drein. „Das Dumme ist nur, ich hab noch gar kein Geschenk für ihn. Das habe ich in der ganzen Aufregung total verpennt."

„Was hältst du davon, wenn wir in die Stadt fahren und uns dort nach einem Geschenk umsehen? Ich hab gerade nix anderes vor."

Dominik war erleichtert, und so radelten die beiden Freunde in Richtung Stadtmitte. Unterwegs fiel Dominik etwas Wichtiges ein, und so wandte er sich an Paul:

„Sag mal, wo hast du eigentlich die kleine Eisenschatulle verstaut, die wir gestern gefunden haben?"

„Natürlich gut versteckt", beruhigte Paul seinen Freund. „Mein Vater hat im Keller einen Safe eingebaut, dort sollte die Schatulle erst einmal sicher sein. Sie liegt gleich neben dem Siegelring, den du gefunden hast. Mein Vater untersucht die beiden Artefakte und gibt uns Bescheid, wenn er Neuigkeiten hat."

„Klingt gut", gab sich Dominik zufrieden.

Die beiden Jungs erreichten soeben den Marktplatz des kleinen Städtchens Villstein. Buntes Treiben herrschte hier.

Die ersten Händler räumten schon wieder ein, andere hatten viele Kunden anlocken können. Direkt neben der zentral gelegenen Kirche befand sich eine Eisdiele, die regen Zulauf verzeichnete.

„Meine Güte", stöhnte Paul. „Das Eis dort drüben muss ja voll der Renner sein. Oder ist das die einzige Eisdiele im ganzen Ort?"

Dominik winkte ab. „Das ist unser kleiner Italiener. Er heißt Matteo Giovanni. Ist ein total netter Kerl. Und du vermutest richtig: Er macht das beste Eis diesseits des Äquators." Dabei leckte sich Dominik die Lippen. „Wenn wir so davon sprechen, könnte ich glatt eins vertragen."

Paul lachte: „Und ich dachte, wir sind wegen eines Geschenks hier."

„Ach ja, richtig", seufzte Dominik wehmütig.

Eine halbe Stunde später hatten sie Pauls Minirucksack mit Geschenken vollgestopft und fuhren zurück nach Hause. Dominik hatte den Vorschlag gemacht, die Eisenschatulle mit zur Geburtstagsparty zu nehmen. So könnten sie gemeinsam rätseln, was es damit auf sich hatte. Sie bemerkten gar nicht, wie ihnen jemand in sicherem Abstand folgte und jeden ihrer Schritte beobachtete.

Punkt 15.00 Uhr erreichten Dominik und Paul den Gutshof der Familie Goosenbach. Hier lebte Dominiks Freund Samuel. Sie fuhren einen kleinen, holprigen, mit großen Pflastersteinen gebauten, Weg entlang und erreichten einen alten Bauernhof, der ein wenig an ein kleines Rittergut erinnerte.

„Das ist ja richtig urig hier", merkte Paul an, der fast das Gefühl hatte, in der Vergangenheit gelandet zu sein. „Ist das vielleicht so etwas wie ein Museumshof?"

Dominik grinste und meinte nur: „Nein, nein. Samuels Eltern bewirtschaften den Hof richtig. Also mit Pferden, Kühen, Hühnern usw. Samuel kann dir das bestimmt genauer erklären."

Dominik stieg vom Rad. „So, da wären wir."

Paul wollte sein Fahrrad gerade neben Dominiks stellen, als ihm auffiel, dass bereits zwei andere Mountainbikes dastanden. Eines davon war definitiv ein Mädchenrad. Neugierig fragte Paul seinen Freund:

„Hey, Dom. Hat Samuel eigentlich Geschwister?"

„Nein. Warum fragst du?" Inzwischen klingelte Dominik.

„Hier steht ein Mädchenfahrrad", antwortete Paul.

Dominik freute sich: „Na, das ist doch toll. Das bedeutet, dass Sarah schon da ist. Samuel hat sie bestimmt auch eingeladen."

Kaum hatte er seinen Satz beendet, öffnete sich die Tür. Samuel kam heraus, begrüßte Dominik und kam dann auf Paul zu.

„Hi! Du musst der berühmte Paul sein." Samuel grinste ihn an und sagte dann: „Willkommen auf Gut Goosenbach. Endlich lernen wir dich mal kennen." Und zu Dominik gewandt sagte er: „Ihr müsst uns unbedingt genau erzählen, was ihr alles erlebt habt. Die paar SMS haben uns nur noch neugieriger gemacht."

„Uns? Das heißt, Sarah ist auch schon da?"

„Jaha, hier bin ich." Sarah kam fröhlich beschwingt die Treppe heruntergehüpft und begrüßte die beiden Ankömmlinge ganz herzlich. Als sie Paul umarmte, wich er erschrocken zurück.

„Oh ... ähm ... tut mir leid. Ich wollte dich nicht überrumpeln", entschuldigte sie sich süß lächelnd. Für einen Moment stand Sarah still da. Sie schien verunsichert zu sein. Ihre langen, blonden Haare wehten im Wind. Mit ihren tiefblauen Augen blickte sie Paul an. Er war total gefangen. Etwas faszinierte ihn an ihr. Am liebsten hätte er sie noch ganz lange angesehen.

Doch dann riss er sich zusammen. „Nein, das ... ist schon okay. Ich bin übrigens Paul", stellte er sich etwas schüchtern vor.

„Super. Hab schon viel von dir gehört. Ich bin Sarah. Dominik und ich gehen in dieselbe Klasse. Mit etwas Glück treffen wir uns sogar alle drei in derselben Schulklasse wieder."

Samuel bat alle ins Haus, und gemeinsam machten sie es sich in der Dachgalerie bequem. Vor ihnen war der Couchtisch reich gedeckt mit allerlei süßen Köstlichkeiten. Es dauerte nicht lange, da hatten sie die Hälfte verputzt. Mit vollem Mund sagte Samuel:

„Na los, jetzt erzählt doch mal. Wir sind schon ganz neugierig, endlich ein paar Details eures Abenteuers zu erfahren. Ungeschminkt, aus erster Hand", grinste er verschmitzt.

Abwechselnd erzählten Paul und Dominik von ihren bewegten letzten Wochen. Sie begannen bei der Rettungsaktion, berichteten von den vielen Ferienjobs, dem mysteriösen Stadtarchiv und der geheimnisvollen Höhle im alten Stollen. Schließlich erzählte Paul von der Legende der sieben Testamente und dem verschwundenen Orden der Archivare. Sarah und Samuel kamen aus dem Staunen gar nicht mehr heraus.

Als beide fertig erzählt hatten, ließ Sarah sich in den Sessel plumpsen und schien fast außer Atem zu sein, als sie leise murmelte: „Meine Güte. Da war ja echt was los. Ich kann mich nicht erinnern, schon mal solche Ferien gehabt zu haben."

„Ja, allerdings", nickte Samuel und grinste Paul an. „Für einen Neuankömmling wirbelst du ganz schön Staub auf. Andererseits war das war schon großes Glück, dass du zur richtigen Zeit am richtigen Ort warst, um unseren Dominik zu retten."

„Genau. Das finde ich total mutig von dir, Paul. Ich mag mutige Leute", ergänzte Sarah lächelnd. Paul wurde ganz rot im Gesicht.

Während sich Dominik und Samuel über die Schule unterhielten, stand Sarah auf und begann das Geschirr abzuräumen. Dabei hatte sie sich eindeutig zu viel auf einmal vorgenommen. Der hohe Stapel drohte umzukippen. Paul sprang auf und eilte ihr zu Hilfe. Gemeinsam brachten sie alles nach unten in die Küche. Das bot ihm die Gelegenheit, Sarah etwas näher kennenzulernen. Sie war das erste Mädchen, das ihn einfach so umarmt hatte, und das, obwohl sie ihn nicht einmal kannte. Das machte ihn neugierig, und so beobachtete er sie heimlich, seit er sie zum ersten Mal gesehen hatte. Sie schien die ganze Zeit total fröhlich zu sein.

„Sarah, sag mal, wie kommt es, dass du so happy bist?", fragte Paul vorsichtig, während sie wieder nach oben gingen. „So jemanden wie dich habe ich noch nie erlebt."

Sie blieb stehen, drehte sich um und kam zwei Schritte zurück. Dann schaute sie Paul tief in die Augen. Fast stockte ihm der Atem. Sarahs Blick war freundlich und doch ... schien etwas in ihren Augen zu liegen. Tief in sich drin verbarg sie etwas, glaubte er. Auf einmal wich die Fröhlichkeit einem traurigen Gesicht. Paul hielt die Luft an.

„Weißt du", begann sie, „vor zwei Jahren gab es einen schrecklichen Unfall. Meine kleine Schwester ..." Sie stockte. „Also, meine Schwester wurde auf einer Kreuzung ... überfahren." Eine Träne lief über Sarahs Wange.

Jetzt hasste sich Paul. Hätte er doch nur die Klappe gehalten.

„Oh, das tut mir leid", murmelte er verschämt.

„Der Unfallfahrer verschwand einfach und ließ sie liegen." Sarah schniefte und wischte sich ihre Tränen weg. „Meine kleine Schwester starb noch am Unfallort."

Paul reichte Sarah ein Taschentuch. Jetzt hatte er ein weinendes Mädchen vor sich. Das gehörte eindeutig zu den Dingen, von denen er absolut null Ahnung hatte. Was sollte er jetzt machen? Er erinnerte sich, was seine Mutter immer getan hatte, wenn seine kleine Schwester Lisa traurig war. Paul legte tröstend seinen Arm auf Sarahs Schulter und versuchte, sie zu beruhigen. „Hey", murmelte er leise, „alles wird gut."

Sarah schaute ihn an, und auf einmal verschwand die Traurigkeit wieder und machte der Fröhlichkeit erneut Platz.

„Stimmt. Du hast völlig recht. Weißt du, damals wusste ich nicht, wie ich damit umgehen sollte. Meine ganze Familie war fix und fertig. Doch dann besuchte uns eines Tages der

Villsteiner Pfarrer. Er erklärte uns, dass es eine Sache gibt, der wir uns bewusst sein müssen. Eines Tages werden wir alle sterben. Keiner von uns weiß, wann es so weit ist. Aber bis dahin sollten wir unbedingt eine Frage beantworten können."

Paul hob die Augenbrauen. „Ach ja? Welche denn?"

„Na ja, wir sollten wir wissen, wohin wir gehen, wenn wir sterben. Und wenn wir das wissen, dann können wir jeden Tag ganz anders leben, so als wäre es der letzte. Viel intensiver, bewusster. Dann können wir jeden neuen Tag als neue Chance sehen."

Nachdenklich hörte Paul zu. Er erinnerte sich, dass sein Vater auch oft davon sprach, dass nach dem Leben auf der Erde ein weiteres Leben auf uns wartet. Aber so genau wusste er darüber auch nicht Bescheid. Jedoch nahm er sich vor, seinen Vater bald darüber zu befragen.

„Und was bedeutet das jetzt?", fragte er Sarah irritiert.

Sarah legte den Kopf leicht zur Seite und erklärte: „Ganz einfach, meine Schwester wusste, wohin sie geht, zu Jesus. Also zu Gott, in den Himmel. Ich weiß das auch, weil wir uns beide am selben Tag für Jesus entschieden haben. Meine Eltern hielten bis damals nicht viel davon. Doch am Tag des Unfalls änderte sich vieles."

Paul überlegte laut: „Moment, du bist also fröhlich, weil du weißt, dass deine Schwester jetzt bei Gott im Himmel ist?"

Sarah nickte. „Genau. Und weil ich weiß, dass ich auch eines Tages dort sein werde." Mit diesen Worten wandte sie sich um und stieg die Treppe zur Dachgalerie hinauf. Auf halber Höhe blieb sie noch einmal kurz stehen, blickte über ihre Schulter und empfahl freundlich: „Du solltest dir auch mal Gedanken über deine Zukunft machen."

Völlig in Gedanken versunken setzte Paul sich wieder zu den anderen. Dominik und Samuel waren inzwischen damit beschäftigt, die Eisenschatulle zu untersuchen.

„Sieht wertvoll aus", vermutete Samuel, während er sie von allen Seiten betrachtete. „Ich frage mich, wie man das

Teil aufbekommt. Habt ihr gesehen, dass hier verzierte Schriftzeichen eingraviert sind?"

Samuel reichte die Schatulle an Sarah weiter, die sich das kleine Ding interessiert anschaute. „Das könnten Buchstaben sein", überlegte sie.

„Wo habt ihr das gleich noch mal her?", erkundigte sie sich und betrachtete die kunstvollen Zeichen konzentriert.

„Aus der Höhle. Genauer gesagt, dem alten Bergwerkstollen, von dem wir vorhin erzählt haben", erinnerte Dominik.

„Warte mal, sagtest du gerade Buchstaben?" Aufgeregt sprang Paul auf und flitzte zu seiner Jacke.

Kurz darauf kehrte zu den anderen zurück und hielt einen zerknitterten Zettel in die Luft. „Diese Buchstaben waren auf der großen Steinplatte eingraviert, die über dem Raum angebracht war, in dem wir diese Eisenschatulle fanden."

Sarah überlegte laut: „Wenn ich mich richtig erinnere, habt ihr erzählt, dass auf der Steinplatte außerdem die Abbildung einer Eisenbahn zu sehen war. Einer ganz bestimmten. Das Versteck der Eisenschatulle war mit einem Eisenbahnrätsel gesichert. Ist es da nicht wahrscheinlich, dass diese Buchstaben auch etwas mit Eisenbahnen zu tun haben und somit einen Hinweis auf die Eisenschatulle selbst geben könnten?"

Samuel kratzte sich am Kopf. „Hm ... das könnten natürlich auch Zahlen sein."

Sarah blickte auf und überlegte laut. „Stimmt. Römische Zahlen werden als Buchstaben dargestellt."

„Gibst du mir mal den Zettel bitte, Paul?", bat Samuel. Dann las er die Buchstaben. „M C M V. Hm ... was kann das bedeuten?"

Sarah nahm ihr Handy, schaute im Internet nach und fand heraus, dass es eine Jahreszahl sein könnte. Nachdenklich murmelte sie: „Aus MCMV wird also 1905."

„Aber natürlich!" Dominik klatschte sich an die Stirn. „Wisst ihr, was 1905 war?"

Unwissend schüttelten alle den Kopf.

„Da wurde die Eisenbahnstrecke nach Villstein eröffnet. Das wären dann ziemlich genau siebzig Jahre nach der Eröffnung der ersten Eisenbahnstrecke in Deutschland."

Samuels Gesicht hellte sich auf. „Sagtest du siebzig Jahre? Das kann kein Zufall sein. An der Unterseite der Schatulle ist eine Siebzig erkennbar. Vielleicht weist sie auf das Jahr der Eisenbahnanbindung hin, dann könnte die Jahreszahl der Buchstabencode sein, der die Schatulle öffnet. Wenn ich jetzt noch wüsste, wie wir diese winzigen Buchstaben erwischen sollen."

Plötzlich hielt Sarah ihm eine Haarnadel unter die Nase. „Versuch's mal damit."

„Oh, super. Danke." Samuel versuchte, die kleinen Buchstaben mit der Nadel einzudrücken. Es klappte. „M, C, M und noch ein V." Kaum hatte Samuel den letzten Buchstaben gedrückt, machte es klick, und eine kleine Schublade an der Unterseite der Schatulle öffnete sich ein Stück. Alle Augen starrten gebannt auf die Schublade. Vorsichtig zog Samuel das kleine Fach vollständig auf.

„Der SCHLÜSSEL!", riefen Dominik und Paul gleichzeitig.

Sarah und Samuel schauten sich verwirrt an. „Habt ihr den schon gesucht?"

„Erinnert ihr euch, was wir euch über die zwei Schlösser des Buches der Wahrheit erzählt haben? Der eine Schlüssel ist der Siegelring, der zweite könnte dieser hier sein", erklärte Paul ganz hippelig.

„Krass, das ist ja voll aufregend!" Jetzt wurde auch Samuel vom Abenteuerfieber gepackt. „Wir sollten diesen Schlüssel getrennt von den anderen Sachen aufbewahren, bis wir ihn brauchen", schlug er vor. Die anderen stimmten zu, und so versteckte Samuel ihn hinter einem lockeren Mauerziegel und schob ein Regal davor. Sarah war still geworden.

„Alles okay bei dir?", erkundigte sich Samuel besorgt.

„Denke schon." Sarah machte ein nachdenkliches Gesicht. „Ich kann mich täuschen, aber diese Schatulle ... sie erinnert mich an eine ähnliche Schatulle. Nur war die viel größer. Sehr viel größer."

„Noch eine Eisenschatulle?" Dominik bekam große Augen.

„Nicht direkt. Ihr kennt doch sicher das Villsteiner Kunstmuseum. Dort gibt es eine Art Pavillon. Der ist genauso kunstvoll verziert wie dieses kleine Ding hier. Und soweit ich mich erinnere, ranken sich auch eine Menge Legenden um seinen Zweck. Dieser Pavillon ist komplett aus Metall gebaut worden und sieht fast genauso aus wie diese kleine Schatulle hier. Angeblich stammt er aus dem 19. Jahrhundert."

„Vielleicht liefert uns die große Schatulle bzw. der Pavillon einen Hinweis auf unsere kleine hier. Oder umgekehrt. Wir sollten uns das mal anschauen", schlug Dominik vor.

„Du hast recht. Also, wenn keiner was dagegen hat, fahren wir gleich los. Das Wetter ist super, und ich muss dringend ein paar Kalorien loswerden." Dabei strich Samuel sich über seinen mit Süßigkeiten gefüllten Bauch.

Die Entscheidung war gefallen. Schon kurz darauf radelten die vier Freunde los, um das Kunstmuseum zu besuchen. Gerade als sie die Hauptstraße verließen und in eine kleine Gasse einbogen, meinte Samuel, etwas wahrgenommen zu haben. Er hatte das Gefühl, verfolgt zu werden, konnte aber niemanden entdecken. Also erzählte er erst einmal nichts davon. Schließlich erreichten die Kinder das Museum, stellten ihre Fahrräder ab und betraten das alte Backsteinhaus mit seinen zwei großen Eingangssäulen.

Nachdem sie ihre Eintrittskarten gekauft hatten, sagte Sarah: „Folgt mir!", und ging zielstrebig voran. Nach einigen Ecken, Treppen und Kurven erreichten sie einen besonders prunkvollen, hell erleuchteten Raum. Verzierte Kronleuchter hingen von der Decke herab. Der Fußboden war mit rotem Teppich ausgelegt, der goldene Muster in sich trug.

„Da, seht ihr?" Sarah wies auf ein großes Objekt, das mitten im Raum stand.

„Tatsächlich!" Paul und Dominik konnten es gar nicht glauben. Das stand ihre Eisenschatulle. Nur in viel größer. Und man konnte hineingehen. Theoretisch zumindest. Natürlich war dieses Kunstobjekt abgesperrt.

„Sarah, wir müssen da rein, um uns umzusehen", flüsterte Samuel ihr zu.

Sarah überlegte kurz und sah sich um. Zu diesem Zeitpunkt waren nur wenige Besucher anwesend. „Sammy, du, Dominik und Paul schaut euch um, während ich mich an der Tür postiere und Alarm schlage, wenn jemand kommt, okay?"

Samuel nickte. Die drei Jungs krochen unter dem Absperrseil hindurch und betraten vorsichtig den Eisenpavillon. Drinnen war alles ganz edel ausgestattet. Die Sitzbänke waren mit rotem Samt überzogen, die Lehnen mit Gold verziert. In der Mitte des Pavillons befand sich ein Tisch, dessen Tischplatte ein seltsames, schwarzweißes Muster besaß, das Paul an die Decke des Atriums im Stadtarchiv erinnerte.

„Meine Güte", raunte Dominik seinen Begleitern zu. „Da fühlt man sich ja gleich ein Jahrhundert in die Vergangenheit zurückversetzt."

„Schaut euch genau um. Prüft alle Muster oder Symbole, die ihr finden könnt", bedeutete Samuel Dominik und Paul. Fieberhaft durchsuchten sie den Pavillon nach Hinweisen. Aber leider konnten sie nichts finden.

Samuel schnaufte frustriert. „Paul, stell doch mal die kleine Eisenschatulle auf den Tisch. Vielleicht fällt uns ein Unterschied zwischen der kleinen und der großen Version der Schatulle auf."

Paul holte die Schatulle aus dem Rucksack und wollte sie gerade auf den Tisch stellen, als ihm eine kleine Vertiefung in der Tischmitte auffiel.

„Na, so was!", rief Paul ganz aufgeregt. „Seht ihr das?"

„Da ist eine kleine Vertiefung in der Tischplatte. Sie besitzt eine Gravur. Sieht fast wie eine Zahl aus."

„Da brat' mir doch einer 'nen Storch. Du hast recht", bestätigte Samuel ganz erstaunt. „Das ist doch die Siebzig, die unten an der Schatulle angebracht ist. Ich fress 'nen Besen, wenn unsere Eisenschatulle nicht hier draufpasst. Paul, steck sie drauf."

Paul nahm die kleine Eisenschatulle und hielt sie über die Vertiefung. „Mal sehen." Langsam setzte er sie ab. Kaum stand sie, rastete ein Riegel ein und irgendwo im Pavillon machte es klack. Doch genau in diesem Augenblick hustete Sarah auf einmal ganz laut. Das war ihr Zeichen: Da kam jemand. Blitzschnell krochen die Jungs unter die Sitzbänke des Pavillons, in der Hoffnung, dort nicht gesehen zu werden.

Da hörten sie die freundliche Stimme eines älteren Mannes:

„Na, junges Fräulein? Kann ich dir helfen?" Es war der Direktor des Museums, der gerade eine Führung beendet hatte.

„Ähm? Wie bitte? Helfen? Ach so, ähm ...", stotterte Sarah und bekam vor Schreck keinen vernünftigen Satz zustande. Das machte den Mann misstrauisch, und so betrat er den Ausstellungsraum des Pavillons und sah sich um. Sarah trat unruhig von einem Bein aufs andere. Was, wenn der Direktor ihre Freunde im Pavillon entdeckte? Wie konnte sie ihnen jetzt nur helfen? Plötzlich steuerte der Direktor den Pavillon an. Paul hörte Schritte näherkommen, als Sarah plötzlich anfing, geräuschvoll herumzuhopsen. Der Museumsdirektor drehte sich irritiert um und erkundigte sich:

„Fräulein, geht es dir nicht gut?"

„Nein. Ich muss ..." Sarah wurde immer unruhiger.

„Was musst du?", fragte er nach.

„Na, ich muss mal. Verstehen Sie nicht?", wiederholte Sarah und tat so, als würde sie jeden Augenblick in die Hose machen.

„Ach sooo!" Der Direktor lachte laut. „Das meinst du. Na, dann folge mir bitte. Ich zeige dir, wo die Toiletten sind."

„Puhh ... das war aber knapp!", stöhnte Dominik.

Gerade wollte Samuel unter der Bank hervorkriechen, als er sich an etwas stieß. „Aua. Blödes Ding."

„Mach nicht so 'nen Lärm!", beschwerte sich Dominik.

Samuel rieb sich den Kopf und untersuchte das Objekt, an dem er sich gestoßen hatte. „Komisches Teil. Was ist das? Sieht aus wie ein Hebel oder so." Neugierig zog Samuel daran. Doch auf einmal hatte er das Ding in der Hand. Der Hebel entpuppte sich als ein hohles Rohr.

„Wow! Was ist das?", staunte Dominik.

„Das sieht aus wie eine Transporthülse", vermutete Paul. „Solche Dinger verwendet mein Papa, wenn er unterwegs ist und wichtige Dokumente transportiert, die nicht geknickt werden dürfen. Mach's mal auf."

Doch plötzlich hörten sie stampfende Schritte. Samuel verbarg die Hülse schnell in seiner Jacke. Dominik lugte vorsichtig unter der Sitzbank hervor. Auf einmal trat ihm ein kleiner, kräftiger Mann entgegen.

„Hey, ihr da! Kommt sofort raus!", rief der Mann mit lauter Stimme.

„Sagt wer?", fragte Dominik frech zurück.

Langsam und bedrohlich kam die Antwort: „Sage ich!" Jetzt kam der Mann näher heran, sodass Paul ihn erkannte. Es war der Mann aus dem Wald. Dasselbe runzlige Gesicht. Dieselbe Narbe. Wie hatte er ihn gefunden?

„Was haben wir denn da?", rief der kleine Mann und riss die Schatulle vom Tisch. „Ich glaube, das gehört mir."

„Was? Ganz bestimmt nicht. Verschwinden Sie!" Erfolglos versuchte Samuel, ihn zu verjagen. Da schob der Mann seine Jacke ein wenig zur Seite, sodass ein großes Messer aufblitzte. Die Jungen bekamen einen Schreck. Der Mann legte seine Hand an das Messer, machte eine bedrohliche Geste und knirschte wütend:

„Wenn ihr mir Ärger machen wollt, dann ..."

„Schon gut, schon gut", erwiderte Samuel mit einer Mischung aus Wut und Angst. Er zog Paul am Arm und gab Dominik ein Zeichen. Gemeinsam hasteten die drei Jungs Hals über Kopf aus dem Ausstellungsraum. Sarah verließ gerade die Toilette, als die Jungs sie fast über den Haufen rannten.

„Hey, was ist denn los?", wollte sie wissen.

„Schnell weg von hier!", rief Samuel. Und so stürzte sie hinterher. Draußen sprangen alle auf ihre Räder und rasten davon.

„Oh Mann. So ein Mist!", rief Paul.

„Jetzt hat der Kerl unsere Eisenschatulle."

Samuel warf ein: „Dafür haben wir wenigstens den Schlüssel und diese komische Transporthülse gefunden."

„Das müssen wir unbedingt meinem Vater zeigen", schlug Paul vor. „Immerhin ist er der Experte auf diesem Gebiet. Und ich vermute mal, es gibt kaum jemanden, der sich besser mit den sieben Testamenten auskennt."

Die anderen waren einverstanden, und so radelten sie zu Paul nach Hause.

Unterwegs rief Paul den anderen zu: „Mensch Leute, woher wusste dieser Kerl eigentlich, wo wir sind?"

„Ich glaube, er hat uns die ganze Zeit beobachtet", antwortete Samuel. „Als wir über den Markt gefahren sind, habe ich etwas aus den Augenwinkeln gesehen. Aber leider nicht richtig."

Paul machte ein ernstes Gesicht. „Allem Anschein nach beobachtet er uns schon länger. Als Dominik und ich im Stadtarchiv arbeiteten, hatte ich auch einmal das Gefühl, von jemandem beobachtet zu werden. Ab jetzt sollten wir sehr vorsichtig sein."

Völlig außer Atem erreichten Paul, Dominik, Sarah und Samuel Pauls Zuhause. Sein Vater hatte es sich gerade auf einer Sonnenliege bequem gemacht, als Paul sein Fahrrad auf die Wiese warf und keuchend rief: „Papa, komm schnell!"

Pauls Vater hob den Kopf und schaute sich irritiert um. Als er die vier abgekämpften Kinder sah, stand er auf und begrüßte sie freundlich: „Hallo, ihr – vier. Es werden ja immer mehr Freunde."

„Ach ja, das sind Samuel und Sarah, Dominiks Freunde."

Dominik unterbrach Paul ungeduldig. „Du musst uns unbedingt helfen. Jemand hat die Eisenschatulle gestohlen."

„Sekunde, befand die sich nicht in unserem Safe?"

Paul erklärte: „Anfangs schon. Aber wir haben sie zu Samuel mit nach Hause mitgenommen, um sie zu untersuchen. Dort hatten wir dann eine Idee und ..."

Sofort wurde Pauls Vater ernst. „Kommt bitte mit rein und erzählt mir alles." Kurz bevor er die Tür schloss, schaute er sich noch einmal um. Kein schwarzer Mercedes zu sehen.

Paul führte die Kinder ins Esszimmer und holte etwas zu Trinken. Aufgeregt und ziemlich durcheinander erzählten sie von ihren Entdeckungen, wie sie die Eisenschatulle geknackt hatten, von der Idee mit dem Pavillon im Kunstmuseum und dem alten Kerl, der sie mit einem Messer bedroht hatte.

Aufmerksam hörte Pauls Vater zu und fragte dann:

„Der Schlüssel, den ihr in der Schatulle gefunden habt, wo ist der jetzt?"

Samuel meldete sich zu Wort. „Den Schlüssel habe ich sicherheitshalber bei mir zu Hause versteckt."

„Wir waren der Meinung, dass es sicherer wäre, nicht alles an einem Platz zu lagern."

Pauls Vater stimmte zu.

„Aber was ich Ihnen zeigen kann, ist dieses komische Ding hier." Samuel öffnete seine Jacke, zog die antike Transporthülse heraus und überreichte sie Pauls Vater.

„Faszinierend." Begeistert inspizierte er die Hülse von allen Seiten.

Pauls Vater holte eine Pinzette und weiße Handschuhe aus seinem Arbeitszimmer. Dann öffnete er die Hülse vorsichtig und entnahm ein altes, zusammengerolltes Papierdokument. Er rollte es auf dem Tisch aus und betrachtete es ganz genau. Schließlich holte er eine Lupe und untersuchte den Fund von oben bis unten.

„Und? Was ist das?", fragte Dominik ungeduldig.

Pauls Vater legte die Lupe weg. Er hatte ein Funkeln in den Augen wie ein Sechsjähriger, der gerade seine erste Spielzeugeisenbahn bekommen hat. „Das Papier ist nicht mehr ganz neu. So viel ist sicher. Ich schätze es auf mindestens hundert Jahre. Seht ihr den gefranzten Rand und die grobe Struktur? Das ist hochwertiges, handgeschöpftes Büttenpapier."

„Können Sie den Text entziffern?", fragte Sarah neugierig.

Pauls Vater schüttelte langsam den Kopf. „Tut mir leid. Zumindest nicht sofort. Auf den ersten Blick sieht es aus wie eine Wüste aus Buchstaben, Zeichen und Zahlen. Ich glaube, der Text ist verschlüsselt. Macht es euch doch im Garten bequem, während ich mir dieses Dokument einmal näher anschaue."

Die Kinder folgten dem Vorschlag. Sarah legte sich erschöpft auf die Hollywoodschaukel, und die Jungs spielten ein wenig Fußball, um sich abzulenken. Viel Zeit hatten sie nicht. Denn schon wenige Minuten später kam Pauls Vater zu ihnen. Aufgeregt ging er auf Dominik zu.

„Du, ich muss dich etwas Wichtiges fragen. Du hast doch erzählt, dass du vor Kurzem zufällig den Siegelring gefunden hast. Kannst du mir erklären, wo genau das war?"

„Aber klar. Das ist easy. Es war auf dem Gelände der alten Villa am See."

Sarah fragte: „Meinst du das alte Anwesen der Grafschaft Vanbrugg?"

„Jepp. Das meine ich", nickte er.

„Aber das ist doch nur noch eine Ruine. Seit der Graf und die Gräfin spurlos verschwunden sind, ist das Anwesen doch total verfallen. Irgendwann soll dort sogar mal ein Feuer ausgebrochen sein."

„Okay. Das muss es sein", mutmaßte Pauls Vater.

„Was muss was sein?", fragte Paul verwirrt.

Sein Vater verschränkte die Arme und zwirbelte nachdenklich an seinem Bart. „Vor etwa einem Jahr stieß ich bei meinen Recherchen auf eine alte Geheimgesellschaft, die wohl inzwischen nicht mehr existiert."

„Du meinst den Orden der Archivare?", unterbrach Paul ungeduldig.

„Ja, genau. Ich fand Indizien, die darauf schließen lassen, dass es hier im Allgäu jemanden gab, der mit dem Überrest des Ordens in Verbindung stand. Jemand, der ursprünglich aus Holland stammte und später ein wichtiger Industrieller der Region wurde. Der Name Vanbrugg ist holländisch. Und falls er derjenige ist, der mit dem Bau der Eisenbahn zu tun hatte, passt auch der Hinweis auf seine unternehmerischen Tätigkeiten. Möglicherweise gehörte er zu einer der beiden wichtigsten Familien Villsteins."

Samuel überlegte laut: „Aber das würde ja bedeuten ..."

Doch Pauls Vater ließ ihn nicht ausreden und wurde auf einmal ganz hektisch. „Wir müssen unbedingt dorthin. Am besten gleich mit dem Auto. Ich habe das ungute Gefühl, dass wir nicht die Einzigen sind, die diese Spur aufgenommen haben." Ohne noch etwas zu erklären, verschwand er wieder im Haus und packte einige Werkzeuge, ein Seil, ein paar Taschenlampen, Beutel und anderen Kram zusammen. Das meiste davon stopfte er in einen ziemlich ramponierten Rucksack, an dem eine alte, zerbeulte Feldflasche und eine kleine Spitzhacke hingen. Als er samt Rucksack und Hut wieder aus dem Haus kam, bekamen die Kinder große Augen.

„Fahren wir zu einer Ausgrabung, Paps?" Fast musste Paul lachen, als er seinen Vater so in voller Archäologen-Montur vor sich stehen sah.

Pauls Vater lächelte. „Man weiß ja nie. Kommt, steigt ein. Los geht's."

Dominik erklärte Pauls Vater den Weg. Nach einer Weile fragte Sarah, die sich ein wenig in Villsteins Geschichte auskannte: „Herr Steinbach, verstehe ich das richtig? Sie glauben, dass der alte Graf Vanbrugg die Eisenschatulle versteckt hat? Und wie hängt das alles mit dem Dokument zusammen, das wir gefunden haben? Was steht da drin?"

Nachdenklich und mit ernster Miene erklärte Pauls Vater: „Das Dokument ist wirklich sehr interessant und ausgesprochen wichtig. Es enthält einen Dechiffrierer."

„Einen was?", fragte Dominik.

„Dechiffrierer. Man könnte es auch als Codeknacker bezeichnen", erklärte Pauls Vater. „Entweder wird damit ein Geheimcode oder ein ganzer Text entschlüsselt. Neben dem Dechiffrierer konnte ich auch eine Unterschrift ausmachen. Es hat ein Graf V... unterschrieben – den Rest konnte ich nicht entziffern – mit den Worten: Verschwunden, aber nicht vergessen. Das Vermächtnis der Wahrheit."

„Vermächtnis der Wahrheit?", unterbrach Paul. „Das klingt ja geradezu nach dem Buch der Wahrheit."

„Das dachte ich auch. Graf V könnte Graf Vanbrugg bedeuten. Ich nehme daher an, dass der Graf etwas mit dem Buch der Wahrheit zu tun hatte."

„Ich möchte bestimmt kein Spielverderber sein", warf Sarah ein, „aber von dem Haus steht nicht mehr viel."

Pauls Vater ließ sich nicht beirren. „Mit etwas Glück finden wir trotzdem noch einige Antworten oder zumindest

hilfreiche Hinweise." Gerade überquerten sie die kleine Stein-
bogenbrücke, die zum Anwesen führte. Pauls Vater parkte das
Auto direkt vor der Ruine, und alle stiegen aus.

Paul schaute sich das alte Gemäuer an und staunte. „Das
muss mal ein richtig schönes Haus gewesen sein. Hier sieht
man noch Überreste von Säulen und Verzierungen."

„Das dürfte barock sein", merkte Sarah fast beiläufig an.

„Wow, ich bin überrascht." Pauls Vater machte eine Verbeu-
gung vor Sarah. „Du kennst dich mit historischen Baustilen
aus? Was kannst du uns noch über dieses Anwesen verraten?"

Sarah wurde rot, freute sich aber, dass sie gewürdigt wurde.

„Also, soweit ich das hier erkenne", dabei machte sie eine
Handbewegung, die die ganze Gegend umfasste, „wurde das
gesamte Anwesen im barocken Baustil errichtet. Ich vermute das
späte 17. Jahrhundert, den Hochbarock, oder vielleicht auch etwas
später. Schaut man sich die vielen Verzierungen, die geschwungenen Elemente und die Kapitelle der Säulen an, die teilweise
noch erkennbar sind, lässt das vermuten, dass dies ein herrschaft-
liches Anwesen war. Die Grafschaft, die hier einmal residierte,
war zweifellos ziemlich reich und von hohem Ansehen."

Die Jungs staunten. „Wie? Das erkennst du aus den Ruinen?"

„Das war damals häufig so. Der besonders künstlerisch
ausgeführte barocke Stil war meistens Kirchen, öffentlichen
Gebäuden, wie Bibliotheken, oder eben Residenzen reicher
Leute vorbehalten."

Paul kratzte sich am Kopf. „Du willst bestimmt mal Archi-
tektin oder Geschichtsprofessorin werden, oder?"

„Hab ich noch nicht entschieden", grinste Sarah.

Inzwischen hatte sich Dominik ein wenig von der Gruppe
entfernt und steuerte eine nahe gelegenen Felsengruppe an.
Vor einer Art kleinem Haus, das noch relativ gut erhalten war,
machte er halt. „Hey, Leute, kommt mal hier rüber!" Dominik
führte sie zu dem kleinen Gebäude, das so gar nicht hierher
zu passen schien.

Sarah stutzte. „Das ist aber komisch. Dieser Anbau hier passt ja gar nicht zum Rest des Anwesens."

„Vielleicht wurde es früher oder später gebaut", überlegte Samuel laut.

Sarah untersuchte das Mauerwerk genauer. „Ich behaupte mal, dass dieser Anbau nicht viel älter als hundert Jahre alt ist. Seht ihr den Mörtel hier? Der ist schon ziemlich modern und feinsandig gemischt worden."

Dominik reckte den Hals. „Und über dem Eingang steht etwas geschrieben: *VERITAS LUX.*"

Paul hob den Finger: „Warte mal, das hatten wir doch so ähnlich schon einmal. Wo war das noch gleich? Ach, das Buch. Da stand doch auch *veritas* drauf. Und das bedeutet Wahrheit. Richtig, Paps?"

Sein Vater nickte. „Und *lux* bezeichnet das Licht. Dann lasst uns mal Licht ins Dunkel bringen und das Haus untersuchen." Das ließen sich die Kinder nicht zweimal sagen. Drinnen war es dunkel und roch muffig. An der linken Wand waren mehrere Regale angebracht, teils in Stein gehauen. Dort befanden sich noch Überreste alter Dosen, Einmachgläser und anderer nicht mehr erkennbarer Objekte. Auf der rechten Seite des einzigen Raumes in diesem Gebäude sah es durcheinander aus.

„Hier muss ein Kampf stattgefunden haben", vermutete Pauls Vater. Die Regale lagen zerbrochen am Boden, dazwischen Glasscherben und diverse Überreste.

„Ähm, na ja. Nicht direkt", druckste Dominik herum. „Es sei denn, ein Kampf mit dem Regal zählt auch."

Pauls Vater zog eine Augenbraue hoch und schaute Dominik fragend an.

„Ich wollte mich anlehnen, da ist das Regal zusammengebrochen. Als ich mich festhalten wollte, habe ich das andere gleich mit umgerissen", erklärte er.

„Oh, ich verstehe", gab Pauls Vater amüsiert zurück. „Wo genau hast du den Ring damals gefunden? War es hier drin?"

„Da drüben. Siehst du? Da ist eine kleine Ritze im Felsen. Nachdem ich das Regal eingerissen hatte, sah ich etwas glitzern. Das machte mich neugierig. So habe ich den Ring entdeckt."

Sarah grinste, „Ich wusste ja gar nicht, dass eine Elster in dir steckt."

„Was ist das eigentlich für ein Raum?", fragte Samuel in die Runde, während er einige Gläser untersuchte. „Es sieht aus, als hätte hier jemand Lebensmittel gelagert."

„Nun, ich vermute, dass es sich hierbei um einen alten Vorratskeller handelt", erklärte Pauls Vater. „Weißt du, früher gab es noch keine Kühlschränke. Stattdessen grub man Keller oder legte Höhlen in Felsen an und verstaute dort Lebensmittel, die kühl gelagert werden mussten."

„Also eine Art Naturkühlschrank?", konstatierte Dominik.

„Ja, so könnte man sagen", bestätigte Pauls Vater.

Während Sarah sich umschaute, fragte sie: „Wonach suchen wir eigentlich?"

„Bestimmt nach dem nächsten Geheimgang", grinste Dominik Paul an.

Die Kinder räumten Regaltrümmer beiseite, schoben Kisten weg und überprüften jedes Holzstück, das ein Hebel oder Knopf sein könnte. Pauls Vater untersuchte derweil die Felswände, als sich sein Sohn dazugesellte.

„Paul, sieh dir mal die Wand an!" Sein Vater zeigte auf die vor ihnen liegende Felswand. „Der Felsen hier sieht anders aus als einen Meter links und rechts davon."

„Merkwürdig", murmelte Paul.

Sein Vater schaute ihn herausfordernd an. „Hast du eine Idee, woran das liegen könnte?"

Paul kniff die Augen zusammen. „Nein, tut mir leid."

„Hm, okay. Vielleicht habe ich eine Erklärung dafür", antwortete sein Vater. „Überleg mal. Eigentlich müssten wir davon ausgehen, dass sich ringsum massives Felsgestein befindet. Das würde bedeuten, dass der Fels überall ähnlich kalt und feucht sein müsste. Dieser Bereich hier ist aber anders."

Paul berührte die Felswand an der Stelle, auf die sein Vater deutete, und fasste dann den Felsen an einer anderen Stelle an, um zu vergleichen. „Du hast recht, Paps. Hier scheint die Felswand viel trockener zu sein. Meinst du, dahinter befindet sich ein Hohlraum?"

„Oder ein Gang. Ein Geheimgang", raunte Dominik ihm über die Schulter zu.

Sarah war auf das Gespräch aufmerksam geworden und stellte fest: „Jetzt müssen wir nur noch herausfinden, wie man die Tür zu diesem Geheimgang öffnet, nicht wahr?"

Paul und sein Vater tasteten die Felswand ringsum ab und suchten Steine oder auffällige Felsvorsprünge, die man drücken oder ziehen könnte. Aber es fand sich nichts. Pauls Vater stellte sich nachdenklich vor die Felswand, verschränkte die Arme und zwirbelte seinen Kinnbart.

„Na, das kann ja noch dauern", stöhnte Sarah. Müde ließ sie sich auf einen Stein plumpsen, der wie ein Sessel geformt war. Durch den Schwung kippte sie nach hinten und hob den Stein dabei an. Plötzlich gab es ein dumpf krachendes Geräusch und im nächsten Moment öffnete sich die Felswand, vor der Paul und sein Vater standen, wie eine Tür.

„Du hast ihn gefunden, Sarah! Der Geheimgang!", rief Dominik laut aus. Und leise hallte es nach: „… gang … gang."

„Wow! Dieser Tunnel muss ganz schön groß sein, wenn da sogar ein Echo entsteht." Samuel spähte hinein. Es war stockfinster da drin. „Wir brauchen Lampen."

Pauls Vater kramte schon in seinem Rucksack und hielt im nächsten Augenblick mehrere Taschenlampen in der Hand.

Grinsend fragte er: „Wer hatte noch gleich über meine Ausrüstung gespottet?"

„Super Idee!", lächelte Paul seinen Vater an, der inzwischen eine Stirnlampe aufgesetzt hatte und voranging. Vorsichtig folgten die anderen ihm. Langsam betraten die fünf den dunklen Gang, einer nach dem anderen. Schritt für Schritt tasteten sie sich vorwärts. Nach einigen Metern ermahnte Pauls Vater sie mit ernster Stimme: „Achtet auf den Boden. Hier gibt es Löcher und tiefe Furchen."

Zu spät. Sarah rutschte aus, fiel hin und verlor dabei ihre Lampe. Man konnte durch die Ritzen im Boden sehen, dass die Lampe immer tiefer fiel und irgendwo aufschlug und liegen blieb.

„'tschuldigung", flüsterte Sarah.

Einige Schritte weiter blieb Pauls Vater auf einmal stehen und untersuchte eine Wandmalerei. „Hm ... interessant", murmelte er. Etwas lauter sagte er: „Nicht weitergehen. Ich glaube, hier gibt es eine Falle."

„Eine Falle?", rief Sarah erschrocken. „Vielleicht sollten wir wieder umkehren." Obwohl sie Abenteuer mochte, bekam sie es in engen, dunklen Räumen schnell mit der Angst zu tun, vor allem, wenn unbekannte Gefahren lauerten.

Paul, der direkt hinter ihr lief, bemerkte ihr Unbehagen. Behutsam legte er ihr die Hand auf die Schulter und flüsterte ihr ins Ohr: „Hey, du weißt doch, zu wem du gehörst, nicht wahr? Was sollte dir passieren?"

Sarah drehte sich um und schaute Paul an. Im ersten Moment war sie unsicher, ob Paul sich lustig machte oder es ernst meinte. Doch als sie ihm in die Augen schaute, erkannte sie im Schein der hellen Lampe, dass er keine blöden Hintergedanken hatte.

„Du hast es nicht vergessen. Stimmt. Ich weiß, zu wem ich gehöre. Da muss ich eigentlich keine Angst haben. Danke, Paul"

Währenddessen untersuchten Pauls Vater und Samuel einige Wandmalereien. „Das sieht lateinisch aus. Scheint irgendwie eine Modeerscheinung zu sein", stellte Samuel fest.

Er betrachtete zwei Bilder an der gegenüberliegenden Wand. Eins davon zeigte zwei Menschen – einen großen Menschen, der etwas großes Rundes an den Kopf bekam und im nächsten Bild am Boden lag, und einen kleineren, der zu knien schien.

„Hm ... komisches Bild", murmelte er.

„Kannst du das lesen, Markus?", fragte Dominik, der inzwischen auch die lateinischen Schriftzeichen entdeckt hatte.

„Ja, ich denke schon", antwortete Pauls Vater.

„*Fili mi, si susceperis sermones meos, et mandata mea absconderis penes te*. Das bedeutet so viel wie: *Mein Sohn, wenn du meine Reden annimmst und meine Gebote bei dir verwahrst*. Weiter steht hier: *Ut audiat sapientiam auris tua, inclina cor tuum ad cognoscendam prudentiam*. Das heißt übersetzt: *indem du der Weisheit dein Ohr leihst, dein Herz dem Verständnis zuwendest*. Und weiter: *Si enim sapientiam invo-caveris, et inclinaveris cor tuum prudentiæ*. Moment, das bedeutet: *Wenn du den Verstand anrufst, zum Verständnis erhebst deine Stimme*. Und weiter: *Si quæsieris eam quasi pecuniam, et sicut thesauros effoderis illam*. Übersetzt: *wenn du es suchst wie Silber und wie Schätzen ihm nachspürst*."

„Dann wirst du verstehen die Furcht des HERRN und die Erkenntnis Gottes gewinnen", ergänzte Samuel aufgeregt. „Das kam mir schon die ganze Zeit irgendwie bekannt vor. Jetzt weiß ich es wieder. Das stammt aus der Bibel, Sprüche 2."

Pauls Vater nickte anerkennend. „Gut gemacht, Samuel. Jetzt müssen wir herausfinden, warum dieser Bibelvers hier an der Wand steht."

„Ein Bibelvers als Rätsel?", erkannte Sarah freudig. „Das finde ich mal spannend."

„Ja, es kann aber auch gefährlich werden, wenn wir es falsch interpretieren", mahnte Pauls Vater zur Vorsicht. „Lasst uns noch einmal genau hinsehen. Worum geht es hierbei?"

„Weisheit erlangen, Beten und Flehen. Ehrfurcht vor Gott."

„Meine Großeltern beten oft kniend. Sie haben mir mal erklärt, dass sie Gott damit Ehrfurcht und Demut entgegenbringen möchten", überlegte Samuel. „Könnte das mit diesem

Bild hier drüben zusammenhängen?", damit zeigte er auf die Zeichnung mit den zwei Figuren.

Pauls Vater nickte langsam. „Wäre denkbar."

Sarah ergänzte: „Ich meine mich zu erinnern, mal gelesen zu haben, dass jemand auf sein Angesicht niederfiel, als er vor Gott stand."

„Ja, das ergibt Sinn. Ehrfurcht. Beten auf Knien. Das ist eine ehrfurchtsvolle Haltung vor Gott. Das sollten wir tun", forderte Pauls Vater die Kinder auf. Alle knieten sich auf den Boden. Erst jetzt fiel ihnen auf, dass der Gang unten schmaler war und sich links und rechts eine Art Vorsprung an der Wand befand, der den ganzen Gang entlangführte.

„Wir kriechen jetzt weiter. Denkt daran: Unbedingt unten bleiben, egal, was passiert!", warnte Pauls Vater in ernstem Ton. Auf allen Vieren ging es vorwärts. Dabei setzte er seine linke Hand auf einen beweglichen Stein, der sofort nachgab. Plötzlich gab es ein krächzendes Geräusch. Dann kurze Stille. Jetzt wurde ein Rumpeln hörbar, das immer lauter wurde. Vorsichtig hob Pauls Vater den Kopf, um sich umzusehen. Da sah er es. Ein große Steinkugel kam direkt auf sie zugerollt. Immer näher und schneller. Bedrohlich nahe. Pauls Vater schrie noch schnell: „Runter auf den Boden!", und warf sich zu Boden. Den anderen wurde die Gefahr schlagartig bewusst. Gehorsam warfen sie sich zu Boden. Gerade noch rechtzeitig! Schon rumpelte eine große Steinkugel über sie hinweg und blieb einige Meter hinter ihnen mit einem lauten Rumms stecken.

„Puhh ... das war aber knapp!" Dominik schnappte nach Luft.

Samuel sprang auf. „Cool!" Solche Fallen und Rätsel fand er immer faszinierend. Selbst dann, wenn sie gefährlich waren. „Lara Croft hätte ihr wahre Freude daran."

„Dddass war ... wirklich ... eng." Sarah schluckte.

„Leute, wir haben ein Problem", stellte Paul fest. „Diese Steinkugel versperrt uns den Rückweg."

„Oh nein! Wie sollen wir denn jetzt wieder hier rauskommen?" Jetzt bekam es auch Dominik mit der Angst zu tun. Die letzte Höhlenerfahrung steckte ihm noch in den Knochen.

Pauls Vater richtete sich wieder auf. „Eins nach dem anderen. Die meisten Geheimgänge, die ich bisher gesehen habe, besitzen einen zweiten Ausgang. Lasst uns weitergehen."

„Manchmal bin ich echt froh, dass wir uns mit der Bibel ein wenig auskennen", sagte Sarah und rappelte sich wieder auf. „Sonst wären wir jetzt Matschebrei."

Paul schüttelte langsam den Kopf. „Das sind mit Abstand die aufregendsten Ferien aller Zeiten."

In diesem Augenblick rief Dominik von weiter vorn: „Leute, wo bleibt ihr denn? Wir haben was entdeckt. Das müsst ihr euch ansehen!"

Samuel, Sarah und Paul eilten zu Dominik, der neben Pauls Vater auf einer Art Höhlenplateau stand und nach unten schaute.

„Ach, du meine Güte!", rief Samuel aus. Sarah hielt sich die Hand vor den Mund, und Paul fiel die Kinnlade runter. Was sie dort sahen, war einfach unglaublich. Pauls Vater erlangte als Erster die Fassung wieder und sagte feierlich: „Willkommen im Villsteiner Geheimarchiv des Ordens der Archivare."

Von dem Plateau aus führte eine geschwungene Treppe nach unten zu einem gemauerten Durchgang. Links und rechts davon befanden sich kunstvolle, in Stein gehauene Verzierungen, die nur von einigen Säulen unterbrochen wurden. Die Kinder folgten Pauls Vater die Steintreppe hinab zum Eingang des Höhlenarchivs. Der Eingang zur Haupthöhle war mit einem gemauerten Eingang versehen, auf dem sich eine inzwischen wohlbekannte Inschrift befand.

„Verbum est veritas", las Sarah vor.

„Sekunde mal ... Das kennen wir doch schon", warf Paul ein. „Wort ist Wahrheit."

Pauls Vater freute sich sichtlich. „Ich glaube, wir sind auf der richtigen Spur. Beachtet einmal die großen, geschwungenen

Buchstaben links und rechts des Durchgangs, das A und O. Das sind die Siegelzeichen der Archivare. Einfach unglaublich!

Bis heute wusste ich nicht einmal, ob es den Orden der Archivare tatsächlich einmal gegeben hat. Doch stehen wir hier – vor einer Höhle der Archivare."

„Super!", rief Paul freudig und lief los, um sich die Höhle näher anzuschauen. Plötzlich stolperte er. Kurz darauf stieß er einen lauten Schreckensschrei aus. Die anderen kamen schnell herbeigeeilt.

„Ahh!", schrie Sarah auf, als sie sah, was Paul so entsetzt hatte. Da lag ein toter Mann am Boden, angelehnt an einen alten Schreibtisch. Von dem Mann waren allerdings nur noch das Skelett und einige Kleiderfetzen übrig, die darauf schließen ließen, dass er schon vor langer Zeit gestorben sein musste.

„Paul, hast du dich verletzt?", fragte sein Vater besorgt und beugte sich über ihn, um ihn zu untersuchen.

„Nein, Pa. Mir geht's gut. Ich bin nur so erschrocken, als ich den Toten hier liegen sah."

„Schaut mal", unterbrach Samuel. „Seine rechte Hand umfasst einen Hebel. Ob das ein Zeichen sein soll?"

„Oder eine weitere Falle", entgegnete Paul.

„Untersuchen wir erst einmal, wo die Mechanik des Hebels hinführt. So können wir die Gefahr vielleicht besser einschätzen", schlug Pauls Vater vor.

Gesagt, getan. Der Hebel stellte das Ende einer langen Eisenstange dar, die nach etwa zwei Metern vor einem Zahnrad endete und offenbar einen Haltebolzen stabilisierte. Das Zahnrad wiederum schien Teil einer größeren Anlage zu sein. Jetzt entdeckten die Kinder überall in der Höhle weitere Zahnräder, Stangen und anderen Metallvorrichtungen. Manche führten weit nach oben. Andere führten in die Felswand hinein.

„Mann, oh Mann", hörte man Dominik auf einmal süffisant rufen. „Was bin ich doch für ein schönes Kerlchen."

„Wie bitte?", fragten Sarah und Samuel erstaunt im Chor. Sie schauten sich um und entdeckten Dominik auf einer Anhöhe stehen und irgendwie ... posieren.

„Was treibst du da?", fragte Samuel seinen Freund irritiert.

„Ich betrachte mich", antwortete Dominik, mit einem breiten Grinsen im Gesicht. „In einem Spiegel."

„Sagtest du Spiegel?" Dominik hatte soeben die Aufmerksamkeit von Pauls Vater auf sich gezogen. Er kam nach oben geklettert und untersuchte den Spiegel, den ein kunstvoll verzierter Metallrahmen umfasste. Dann leuchtete er den ganzen Raum ringsum mit seiner Lampe ab und fand noch weitere Spiegel. Einige waren kaputt. „Ah, ich glaube, ich weiß, wofür der Hebel gedacht ist", rief Pauls Vater. „Und der Spiegel." Dabei grinste er den schönen Dominik an. Sodann kletterten beide wieder hinunter.

Unten angekommen, wurde Dominik von seinen Freunden begrüßt, indem sie sich verbeugten und gestelzt sagten: „Sei uns willkommen, schöner Mann." Dabei lachten alle herzlich.

„So, nun passt einmal auf und staunt über die Ingenieurskunst des viktorianischen Zeitalters." Pauls Vater entfernte die Hand des Toten von dem Hebel. Mit einem kräftigen Ruck legte er den Hebel um. Ein ohrenbetäubendes Quietschen erfüllte daraufhin den Raum, sodass sich die Kinder die Ohren zuhielten. Das nahegelegene Zahnrad wurde gelöst und setzte einen weit verzweigten Mechanismus in Gang. In jeder Ecke der Höhle rumpelte, knarrte und quietschte es. Offenbar hatte den Hebel lange Zeit niemand mehr bedient. Plötzlich öffnete sich oben in der Höhle ein Loch. Dann ein weiteres und noch eins. Sofort fiel Sonnenlicht in die Höhle. Die Sonnenstrahlen trafen auf die Spiegel, die das Sonnenlicht von Spiegel zu Spiegel reflektierten, sodass es ganz hell in der Höhle wurde.

„Wow! Das ist ja mal voll genial", staunte Samuel. „Warum können Physiklehrer nicht auch mal so etwas Spannendes machen?", seufzte er.

Jetzt, wo die Höhle erleuchtet wurde, konnten sie sehen, dass hier viele große Regale auf zwei Ebenen standen. In manchen der Regale standen alte Vasen, kunstvolle Kästchen, allerlei Kleinodien und antik aussehende Objekte.

Sarah staunte: „Meine Herren! Das ist ja noch spannender als im offiziellen Kunstmuseum Villsteins."

Paul untersuchte derweil den Schreibtisch genauer, neben dem der Tote saß. Er schaute sogar darunter. Als er sich wieder aufrichtete und umdrehte, entdeckte er ein Symbol. „Du, Sarah, wo sitzt du da eigentlich drauf?"

„Keine Ahnung", antwortete sie und rutschte herunter. Es war eine alte Holztruhe. Eine von der Sorte, in der man immer große Goldschätze vermutete: groß, massiv und mit Eisenbeschlägen versehen.

„Dieses Symbol", murmelte Paul, „das habe ich irgendwo schon einmal gesehen. Aber wo?"

Gerade kam Dominik vorbei und bemerkte, wie die beiden angestrengt die alte Truhe anstarrten. „Wollt ihr die Kiste mit Gedankenkraft öffnen?", spöttelte er.

Paul schüttelte den Kopf und zeigte auf das Symbol. „Dom, kannst du dich an das Symbol erinnern? Ich bin mir sicher, dass wir das schon einmal gesehen haben. Nur wo?"

Dominik warf einen kurzen Blick darauf. „Na klar, Mann. Der Siegelring."

Als Pauls Vater merkte, dass die Kinder eine Traube gebildet hatten, stieß er zu ihnen. „Na? Habt ihr was gefunden?"

Dominik frohlockte. „Es könnte sein, dass wir ganz nah an der Legende sind." Dabei wies er auf das Symbol der Truhe.

„Das Siegel der Archivare. Du könntest recht haben, Dominik. Lasst uns nachsehen, was sich in der Truhe befindet", schlug Pauls Vater vor.

Die Kinder versuchten, den Deckel anzuheben, doch er bewegte sich keinen Zentimeter. Bei genauerer Betrachtung entdeckten sie ein großes Vorhängeschloss.

„Dafür hast du nicht zufällig auch was einstecken, Paps?!"

Sein Vater holte zwei lange, dünne Werkzeuge aus einer Seitentasche seiner Cargohose. Er steckte sie in einer bestimmten Weise in das Loch des Schlosses und stocherte darin herum. Kurz darauf hörten sie ein kratzendes Geräusch, und der Riegel sprang auf.

„Mensch, Paps. Schlösser kannst du auch knacken!?" Paul staunte über seinen Vater.

„Nun ja, so eins wie das hier, ja. Das ist aber auch recht primitiv. Moderne Schlösser lassen sich nicht so leicht umgehen. Kommt, helft mir mal mit dem Deckel."

Gemeinsam hievten sie den schweren Deckel der Truhe hoch. Das laute Krächzen und Quietschen hallte durch die ganze Höhle. Als die Truhe geöffnet war, schauten fünf gespannte Augenpaare ehrfürchtig hinein. Innen war alles mit rotem Samt verkleidet. In der Mitte war ein Sockel eingelassen, auf dem etwas lag.

„DAS BUCH!", hauchte Pauls Vater. Voller Ehrfurcht starrte er auf den Fund. Die Kinder wussten gar nicht, was sie sagen sollten. Es war ein besonderer, ein heiliger Moment. Eine ganze Weile schauten sie alle ganz gebannt in die Truhe.

Paul schaute seinen Vater fragend an. „Was machen wir jetzt? Nehmen wir das Buch mit?"

„Ich ... ich kann nicht. Es ist ..."

Die Neugier brachte Samuel fast um, also fasste er sich ein Herz und hob das Buch an. „Uhh, ist das aber schwer. Paul, hilf mir mal." Gemeinsam hievten sie das schwere Buch aus der Truhe.

Behutsam nahm Pauls Vater das Buch in Empfang. Vorsichtig legte er es auf dem Schreibtisch ab. Auf dem Buchdeckel war in geschwungenen Buchstaben zu lesen: *Verbum est veritas.*

„Ich kann es noch gar nicht so recht fassen." Pauls Vater lief eine Träne über die Wange. Behutsam strich er mit seiner Hand über den Buchdeckel und spürte die Vertiefungen der Titelgravur.

Samuel merkte an: „Das hier muss das Schlüsselloch für den Schlüssel aus der Schatulle sein", und zeigte auf ein verschnörkeltes Loch.

Pauls Vater drehte das Buch um. „Und hier, der Abdruck für den Siegelring."

„Juhu! Wir haben es gefunden!", schrie Paul vor Freude, machte einen Satz in die Luft, und alle umarmten sich fröhlich.

„Ihr könnt euch gar nicht vorstellen, was das für mich bedeutet, Kinder. Ach, was rede ich: Was es für die Welt bedeutet! Das Buch der Wahrheit! Das erste der sieben Testamente. Der Beweis, dass die Legende wahr ist." Noch immer völlig hin und weg betrachtete Pauls Vater das Buch von allen Seiten. Es handelte sich hierbei nicht um ein gewöhnliches Buch. Es sah eher aus wie ein Kasten, dessen Rahmen aus Bronze gefertigt und mit Leder eingebunden war. Wenn man das Buch bewegte, klang es so, als würde eine Flüssigkeit hin und her schwappen.

„Was klingt da so komisch?", erkundigte sich Paul.

Sein Vater legte das Buch behutsam ab. „Vermutlich gehört es zu einem Sicherungsmechanismus. Ich las einmal davon, dass eine wohlhabende Frau pikante Informationen über einflussreiche Männer gesammelt hatte. Sie verbarg die Notizen in einer kleinen Metallbox. Im Deckel und im Rahmen der Box waren mehrere Flüssigkeitskammern eingebaut, in denen sich Tinte befand. Die Box wurde schließlich mit einem Schlüssel verschlossen. Würde man nun versuchen, die Box ohne Schlüssel zu öffnen, also einzubrechen, würden die Tintenkammern aufbrechen und alles überströmen und somit den Text vernichten. Ich könnte mir vorstellen, dass in diesem Buch ein ähnlicher Mechanismus eingebaut wurde. Die äußere Konstruktion erinnert jedenfalls daran."

Dominik verstand. „Das war also der Grund, weshalb der schwarze Mann auf dem Foto das Buch nicht geöffnet hat. Ihm fehlte der Schlüssel, und er wollte die Information, also den Text, nicht zerstören."

Pauls Vater nickte. „Ja, das denke ich auch. Und dann verschwand das Buch wieder für eineinhalb Jahrhunderte."

„Aber wenn das Buch hier war, beim Orden der Archivare, dann legt das doch die Vermutung nahe, dass die Archivare ihm das Buch gestohlen haben. Ist das nicht komisch? Ein Archivar bestiehlt die anderen?" Paul versuchte noch immer, den Zusammenhang zwischen dem Orden der Archivare und der mysteriösen Sektion13 herzustellen, der der schwarze Mann angehörte.

„Auf den ersten Blick hast du recht, Paul", entgegnete sein Vater. „Allerdings muss man wissen, dass sich Sir Walter Crowley I. damals auf unorthodoxe Weise Zutritt zum Orden verschafft hatte. Es heißt, er wollte nur an das Buch der Wahrheit kommen. Und er besaß es ja auch eine Weile, wie wir von dem Foto wissen. Ich kann nur vermuten, dass jemand aus dem Orden Crowleys falsches Spiel erkannte und das Testament vor ihm in Sicherheit wollte."

Plötzlich hob Samuel eine Hand und zischte: „Pssst! Seid mal alle still." In der Ferne waren leise Kratzgeräusche zu hören. Dann war es wieder leise. „Hm, vielleicht war es nichts weiter." Doch plötzlich donnerte es gewaltig. Eine Explosion!

Sarah schrie auf. Alle kauerten sich reflexartig hin und suchten Schutz unter Schreibtisch, Regalen und in Felsspalten. Einen Moment lang hielten alle die Luft an. Pauls Vater kroch als Erster wieder aus seinem Versteck heraus und wollte sich umschauen. Die Explosion hatte eine Menge Staub aufgewirbelt. Die Höhle war in dichten Nebel gehüllt. Es sah fast etwas gespenstisch aus, wie sich das Sonnenlicht in den Nebelschwaden brach. Er befahl den Kindern: „Ihr bleibt in euren Verstecken. Ich seh mal nach, was da passiert ist."

Er hatte die Treppe zum Eingangsplateau noch nicht ganz erreicht, als er zwei Männer oben ankommen sah. Es waren der schwarze Mann und sein Helfer, der kleine Kerl mit der Narbe auf der Nase.

„Herr Steinbach", begrüßte ihn eine tiefe und bedrohlich klingende Stimme. „Ich freue mich, Sie zu sehen." Langsam schritt der schwarze Mann mit den weißen Haaren die Treppe hinab, während sich der Nebel langsam durch die Sonnenfenster verzog. Unwillkürlich ging Pauls Vater rückwärts.

„Warum haben Sie uns nicht mehr kontaktiert? Wollten Sie sich das Vermächtnis etwa selbst aneignen? Haben Sie vergessen, was die Sektion alles für Sie getan hat?" Jetzt wurde er ärgerlich.

„Wo ist das Buch?", fragte der schwarze Mann mit strenger Stimme. In einem kurzen Moment der Unachtsamkeit schielte Pauls Vater zum Schreibtisch.

Der schwarze Mann hatte es bemerkt, er war schon sehr nahe. „Ah, danke vielmals, Herr Steinbach. Wir wussten doch, dass wir uns auf Sie verlassen können." Mit diesen Worten nahm er das Buch an sich.

„Lassen Sie das Buch liegen. Das dürfen Sie nicht ..." Pauls Vater wollte den schwarzen Mann daran hindern, das Buch mitzunehmen. Doch da kam der andere herbeigeeilt und zog eine Pistole aus der Tasche. „Wollen Sie das wirklich tun?", fragte der ihn und funkelte ihn böse an.

Pauls Vater wich zurück und ging einige Schritte rückwärts. Versehentlich stieß er dabei an den Toten, der noch immer auf dem Boden lag. Da kam ihm eine Idee. Unauffällig trat er noch zwei Schritte beiseite, direkt vor den großen Hebel.

„Sie werden das Vermächtnis niemals lüften. Sie werden immer im Dunkel tappen", rief er. Mit einem kräftigen Ruck legte er den Hebel um. Laut quietschend verschlossen sich alle Lichtöffnungen der Höhle, und es wurde stockfinster. Für einen Moment waren die Männer in der Dunkelheit abgelenkt. Da Pauls Vater sich den Weg eingeprägt hatte, nutzte er die Chance, um sich schnell zu verstecken.

Der schwarze Mann knipste eine Taschenlampe an und leuchtete die Höhle ab. „Das wird Ihnen nichts nützen, Herr

Steinbach. Wir besitzen jetzt das Buch UND die Eisenschatulle, die das Geheimnis des Grafen Vanbrugg birgt. Wir haben gewonnen! Hahaha!" Das schmähende Gelächter des schwarzen Mannes hallte in der Höhle wider, während er, das Buch in der Hand, die Höhle wieder verließ.

Gerade noch dachte Pauls Vater, dass sie nun wenigstens leicht aus der Höhle entkommen würden, da die Steinkugel ja offenbar gesprengt worden war. Doch schon im nächsten Augenblick gab es die nächste Explosion. Er rannte die Treppe hinauf und sah bestätigt, was er befürchtet hatte. Der Höhleneingang war zum Einsturz gebracht worden. Diesmal saßen sie in der Falle.

GESTOHLEN

Völlig frustriert trottete Pauls Vater die Treppe vom Höhlenplateau wieder hinab, wo die Kinder ihn bereits erwarteten. Als sie ihn so sahen, schmerzte sie das sehr. Noch nie hatten sie einen so traurigen Menschen gesehen. Es schien, als sei alle Kraft aus ihm entwichen. Mutlos ließ er sich auf die letzte Treppenstufe fallen und vergrub den Kopf in den Händen. Niemand sagte etwas.

Obwohl es meistens anders herum war, versuchte diesmal Paul, seinen Vater aufzumuntern. „Hey, Paps, sei doch nicht traurig. Es ..."

„Nein!" Pauls Vater unterbrach ihn. „Nein! Nein! Nein! Das kann nicht sein. Das darf einfach nicht sein. Ihr macht euch keine Vorstellung, was dieses Buch bedeutet oder hätte bedeuten können. Es könnte die ganze Menschheit auf den Kopf stellen. Jahrelang beruhte mein Wissen über Jesus fast ausschließlich auf der Bibel und meinem Glauben daran. Aber jetzt war ich kurz davor, Beweise zu finden, die auch die Wissenschaftswelt hätten überzeugen können." Fassungslos schüttelte er den Kopf.

„Aber, Herr Steinbach", wandte Sarah ein, „Was ist denn so schlecht daran, an Jesus zu glauben?"

Pauls Vater blickte auf. „Was? Nein ... das wollte ich damit nicht ausdrücken." Langsam richtete er sich wieder auf und seufzte. „Es gibt einen Glauben, mit dem ich mögliche Dinge glauben kann, wie beispielsweise, dass es den Mose der Bibel gab oder dass es morgen regnet. Aber es gibt auch den Glauben, der uns zu Jesus Christus hinführt und der uns ermöglicht, ihn in unser Leben aufzunehmen. Dieser Glaube kommt von

Gott selbst und ist ganz bestimmt nicht schlecht. Im Gegenteil, er ist absolut nötig. Aber wenn wir den oberflächlichen Glauben vieler anderer Menschen durch historische Beweise vertiefen und damit viel mehr Menschen von Jesus überzeugen könnten, wäre das eine überaus gigantische Chance. Und nun ist es vorbei. Die Chance vertan." Pauls Vater seufzte. „Deshalb bin ich so traurig."

Sarah setzte sich neben ihn und umarmte ihn. „Wissen Sie was? Ich habe heute jemanden kennengelernt. Als ich einen Moment lang traurig war, sagte er zu mir: ‚Alles wird gut.' Das fand ich total nett. Also, Herr Steinbach, alles wird gut."

Pauls Vater rang sich ein kleines Lächeln ab und dankte Sarah damit. „Jetzt haben wir schon so viel miteinander erlebt, ich fände es schön, wenn ihr *du* zu mir sagt. Ich bin Markus, okay?"

Niemand hatte bemerkt, wie Paul sich verdrückt hatte. Er saß irgendwo zusammengekauert in einer Ecke und beobachtete, wie eine Assel von einigen anderen fortgescheucht wurde. Er fühlte sich genau wie diese Assel. Wahrscheinlich würden die anderen ihn jetzt auch wieder fortschicken und nichts mehr mit ihm zu tun haben wollen. Er hatte sie in diese Situation gebracht, und nun konnte er nichts dagegen tun, dass das Buch vor ihren Augen gestohlen worden war. Nicht einmal seinen Vater konnte er trösten. Gerade noch hatte er sich riesig über den gemeinsamen Erfolg gefreut, und jetzt war alles verloren. In den letzten Wochen hatte er viel in seine beginnende Freundschaft mit Dominik investiert. Paul glaubte, sich bewiesen zu haben. Er hatte gezeigt, dass er nützlich war, dass er es wert war, ein Freund zu sein. Doch nun hatte er versagt. Er hatte nicht verhindern können, dass der schwarze Mann das Buch der Wahrheit stahl. Paul fühlte sich auf einmal absolut nutzlos.

„Paul?", rief jemand. „Paaauul! Wo bist du?" Es waren Dominik und Samuel, die nach ihrem Freund suchten.

Sie leuchteten mit ihren Taschenlampen die ganze Höhle ab, ehe Paul kleinlaut antwortete: „Hier, ich bin hier drüben."

„Hey, was machst du hier?", fragte Dominik völlig erstaunt.

Paul zuckte mit den Schultern. „Mich von euch fernhalten. Ist doch auch egal", brummte er. Dominik und Samuel schauten sich erstaunt an. Wieso gab er auf einmal so komisches Zeug von sich?

Dominik verstand die Welt nicht mehr. „Was ist denn auf einmal mit dir los?"

„Na, was schon? Hab's vergeigt. Es ist aus! Vorbei!"

„Haben wir nicht erst vor Kurzem erlebt, dass Gott uns aus einer gefährlichen Lage befreit hat? Soweit ich mich erinnere, hast du auch etwas Ähnliches mit ihm im Wald erlebt, als du dich verlaufen hattest. Und jetzt ... siehst du aus, als wolltest du aufgeben. Warum hockst du in dieser dreckigen Ecke?"

„Weil ... weil ich nun mal hierher gehöre. Ich bin halt zu nichts zu gebrauchen. Ich ..."

Dominik unterbrach ihn: „Sag mal, hast du nicht zugehört?"

„... bin es nicht wert, dein Freund zu sein", vollendete Paul seinen Satz trotzig. Dominik schüttelte verstört den Kopf. „Was? Ich versteh's echt nicht."

„Ich habe versagt. Hab euch alle enttäuscht. Ich konnte das Buch nicht vor dem schwarzen Mann retten und ..."

Samuel ließ ihn nicht ausreden. „Aber Paul, den Kerl hättest du niemals erledigen können. Du konntest nichts dafür."

Inzwischen waren auch Sarah und Pauls Vater dazugekommen. Er hatte einiges gehört und bekam eine Ahnung davon, was Paul gerade durchmachte. „Paul, du denkst nicht zufällig gerade an die Mutprobe, oder?"

Wortlos nickte Paul.

„Mutprobe?", fragte Dominik neugierig.

Paul winkte ab. „Ach, nichts."

„Komm schon, Paul. Das wollen wir jetzt aber wissen. Schließlich sitzen wir hier im selben Boot." Samuel verschränkte die

Arme und war sich gerade unsicher, ob er wegen Pauls Verhalten sauer oder mitleidig sein sollte. So etwas konnten sie jetzt gar nicht gebrauchen.

Paul stöhnte. „Es war in diesem Frühling. Ich hatte gerade den Wechsel von der Grundschule aufs Gymnasium hinter mir. In der neuen Klasse hatte ich keine Freunde und so. In meiner Schule gab es aber eine coole Clique, die Schlangenköpfe. Die waren total angesagt. Also habe ich alles darangesetzt, dazuzugehören. Ich musste verschiedene Rituale über mich ergehen lassen."

„Ach, was denn zum Beispiel?" Sarah wurde neugierig.

„Einmal musste ich eine Nacktschnecke essen."

„Iiieeehhh!"

Paul fuhr fort: „Das große Finale war eine BMX-Rally. Da ich ziemlich gut auf dem Bike bin, sagte ich mir: Das ist meine Chance. Jetzt kann ich beweisen, dass ich es wert bin. Das Rennen war dann auch ziemlich krass. Aber ich habe knapp gewonnen. Dieses Rennen hatte seit Jahren kein Neuling mehr gewonnen. Aber ich hatte es geschafft. Damit wurde ich fast so was wie eine Berühmtheit an meiner Schule. Endlich war ich mal jemand. Und ich hatte Freunde. Jedenfalls dachte ich das. Aber letztlich endete es damit, dass ich nach einer Prügelei mit dem Chef der Schlangenköpfe mit einem gebrochenen Arm im Krankenhaus lag."

Beeindruckt hatten Samuel, Sarah und Dominik zugehört.

„Du, Paul, ich muss dir was sagen." Samuel hockte sich zu Paul und sah ihn eindringlich an. „Jetzt verstehe ich, warum du bei unserer ersten Begegnung so unterkühlt gewirkt hast. Du hattest Angst, dass wir dir Dominik, deinen neuen Freund, wieder wegnehmen. Hab ich recht? Vor allem, da ihr beide so viel gemeinsam erlebt habt. Aber lass dir gesagt sein: Das ist totaler Quatsch! Wir sind ein Team."

Bei diesen Worten setzte sich Sarah direkt neben Paul und legte ihm den Arm auf die Schulter. „Wir alle!", bekräftigte sie.

Zaghaft schaute Paul auf. „Alle?" Samuel und Dominik nickten eifrig.

„Du bist mein Lebensretter, Paul. Und das wirst du auch immer bleiben", erklärte Dominik ernst. „Und wenn ich das anfügen darf, du wirst auch immer mein Freund sein. Du hast dich für mich in die Fluten gestürzt. Hast deine Ferienzeit damit verbracht, für mich Geld zu verdienen. Man könnte sagen, du hast dich voll und ganz für mich eingesetzt. DAS nenne ich mal 'nen echten Freund." Zur Bestätigung umarmte Dominik Paul herzlich.

„Was wären wir für Freunde, wenn wir dich fallen ließen, nur weil du glaubst, einmal versagt zu haben?" Sarahs Fassungslosigkeit wich einer aufsteigenden Fröhlichkeit. Wieder einmal konnte sich keiner erklären, weshalb sie auf einmal solche leuchtenden Augen bekam. Sie schnappte sich Samuel und Dominik, ging einige Schritte zur Seite und tuschelte kurz mit ihnen. Dann kamen die drei zurück. Pauls Vater wurde gebeten, die Taschenlampen zu halten.

Die drei stellten sich in einem Dreiviertelkreis auf. Samuel rief Paul zu: „Paul, komm bitte mal her. Wir haben dir etwas Wichtiges mitzuteilen."

Gemächlich erhob sich Paul. Ihm kam das gerade etwas seltsam vor. Doch seine Neugier trieb ihn an. Er näherte sich ihnen bis auf einen Meter und blieb dann stehen. Samuel erhob das Wort:

„Paul, wie du siehst, sind wir unvollständig. Unser Kreis ist nicht komplett, da fehlt etwas." Dann machte er eine bedeutsame Pause.

Das gab Paul Gelegenheit zum Nachdenken. „Soll das etwa bedeuten, dass ...?"

Noch ehe er seinen Gedanken vollendet hatte, sagte Sarah: „Lieber Paul, von Dominik haben wir nur Gutes über dich gehört. Natürlich wissen wir, dass auch du dunkle Flecken in deinem Leben hast. Aber das geht uns allen so. Du musst wissen, wir alle haben schon Rückschläge erlebt. Keiner von uns ist perfekt."

Langsam, aber sicher wich Pauls negative Stimmung und machte immer größer werdender Spannung Platz. Was hatten sie vor?

Mit großer Freude ergänzte Dominik: „Paul, ich kann mir kaum einen besseren Freund vorstellen als einen, der sein Leben für mich riskiert. Nebenbei bemerkt bist du echt cool."

Paul musste gerade einen ziemlich dicken Kloß runterschlucken. Sprachen sie alle etwa von ihm? So ... lobend?

„Paul Steinbach aus Villstein", sprach Samuel feierlich. „Hiermit laden wir dich ein, den Kreis zu schließen. Werde ein Teil unseres Teams!"

Einen kurzen Moment ratterte es in Pauls Gehirn. Doch dann wischte er schnell eine Träne weg und sprang in die Lücke. „Danke!", war alles, was er herausbrachte.

Samuel hielt die Hand in die Mitte des Kreises und rief laut: „Einer für alle!" Sarah, Dominik und Paul legten ihre Hände auf Samuels und antworteten im Chor: „Alle für einen!"

Pauls Vater stand daneben und spürte Gottes Gegenwart. Dieser Moment war etwas Besonderes. Hier und jetzt war es fast schon unwichtig, was mit dem Testament geschehen würde. Endlich hatte Paul echte Freunde gefunden, die ihn so annahmen, wie er war. Er freute sich so sehr für ihn, dass ihm eine Träne über die Wange rollte. Freudentränen: So etwas hatte er lange nicht erlebt.

„Wisst ihr", begann Pauls Vater, „das erinnert mich an eine Begebenheit aus der Bibel, die im Johannesevangelium im fünfzehnten Kapitel steht. Jesus erklärt, was es bedeutet, jemanden wirklich lieb zu haben. Er nahm sich selbst als Vorbild. Jesus erklärte, dass er Gottes Gebote hält, und dann nannte er seine Jünger, die ständig mit ihm unterwegs waren, Freunde. Aber jetzt kommt's. Im dreizehnten Vers heißt es: *Größere Liebe hat niemand als die, dass er sein Leben hingibt für seine Freunde.* Jeder,

der Jesus nachfolgt, ist sein Jünger, also sein Freund. Als Jesus Christus am Kreuz starb, tat er das für seine Freunde."

„Meinen Sie, dass Paul dem Vorbild von Jesus gefolgt ist, als er Dominik gerettet hat?", überlegte Samuel.

„Nun, ich denke schon, dass man das im übertragenen Sinn so sehen kann. Schau, eigentlich kannte Paul Dominik noch gar nicht, als er im Fluss hing und zu ertrinken drohte. Dennoch ließ er sich von Gott dazu bewegen, ins kalte Nass zu springen und sein eigenes Leben zu riskieren. Hier wirkte Gottes rettende Liebe durch Paul. Und jetzt habt ihr Paul gerettet."

„Wir haben Paul gerettet?" Dominik schaute Pauls Vater überrascht an.

„Der schwarze Mann hat uns das Buch der Wahrheit vor der Nase weggeschnappt. Das ist wirklich schlimm. Ich muss das selbst noch verdauen. Aber schaut euch doch einmal Paul an. Er wollte die ganze Verantwortung dafür übernehmen. Er glaubte, dass sein Versagen zum Verlust des Buches geführt hätte. Ihr jedoch habt ihn in euer Team aufgenommen. Ihr habt ihm echte Freundschaft gezeigt. Damit habt ihr meinen Sohn aus einem tiefen Loch gerettet."

Paul umarmte seinen Vater und lächelte endlich wieder.

„Ich schlage vor, dass wir uns jetzt alle von Gott retten lassen. Denn sonst wüsste ich nicht, wie wir aus dieser Höhle je wieder entkommen sollten. Der Eingang ist nämlich eingestürzt."

Sarah machte einen besorgten Eindruck. In dunklen Höhlen gefiel es ihr eigentlich überhaupt nicht. Sie wollte endlich wieder den Himmel sehen. Der Himmel! Ihr kam eine Idee. Sie suchte den Hebel, mit dem man die Sonnenbeleuchtung aktivieren konnte. Sie zog daran. Sie rüttelte daran. Doch der Hebel bewegte sich kein Stück. Die letzte Explosion hatte den Mechanismus offenbar beschädigt.

„So ein Mist aber auch. Ich muss echt hier raus." Langsam wurde es Sarah unwohl.

Paul spürte wieder ihr Unbehagen. Das kannte er auch.

Hatte Dominik ihn nicht gerade erst daran erinnert, wie Gott ihm schon zweimal geholfen hatte? Aus Erfahrung wusste Paul auch, dass Gott sogar Höhlengebete hörte. Er überlegte laut:

„Der Eingang ist verschüttet, und wir kriegen die Fenster nicht mehr auf. Es sieht nicht gut aus. Vielleicht kann Gott uns auch diesmal helfen."

Pauls Vater nickte Paul zu. „Das ist ein guter Gedanke, Paul. Möchtest du mit uns beten?"

Paul schloss die Augen und überlegte kurz. Dann begann er:

„Lieber Gott, danke, dass ich so tolle Freunde haben darf. Bitte zeige uns einen Weg aus dieser Höhle. Amen." – „Amen", bekräftigten die anderen.

Dann schwärmten alle aus und begannen damit, die Höhle zu untersuchen. Sarah war in die obere Ebene geklettert und schaute sich ein Bücherregal an. Dabei fiel ihr versehentlich ein Buch herunter, das auf den Kopf von Pauls Vaters knallte, der direkt darunter stand.

„Autsch", rief er und rieb sich den Hinterkopf.

„'tschuldigung, Herr Steinbach – ach Quatsch – Markus. Sag mal, du erwähntest vorhin etwas vom viktorianischen Zeitalter. Wenn ich nicht irre, fällt dieses Zeitalter doch mit der Königin Viktoria von England zusammen, oder nicht? Aber wir sind hier in Deutschland. Das verstehe ich nicht."

„Du hast recht, in erster Linie bringt man diese Zeit mit der Thronbesteigung Viktorias in Verbindung. Allerdings begann im frühen bis mittleren 19. Jahrhundert die Industrialisierung. Es wurden viele Maschinen, mechanische und dampfbetriebene Anlagen gebaut. England war damals eines der führenden Länder in der Industrie. Der Begriff des viktorianischen Zeitalters wurde tatsächlich erst um 1851 herum etabliert. Aber mit der Zeit wurde das sogenannte viktorianische Zeitalter zum Inbegriff der aufstrebenden Industrie und Technologie. Als ich mir die Mechanik und die Spiegel anschaute, war mir sofort klar, aus welcher Zeit dies stammen musste."

Plötzlich sprang Dominik davon. „Kommt mal alle mit! Mir fällt gerade was ein." Er kletterte in die zweite Ebene auf der anderen Seite der Höhle, dorthin, wo er vor dem Spiegel posiert hatte. Als die anderen bei ihm ankamen, stand Dominik wieder vor dem Spiegel und blickte hinein.

Sarah musste lachen: „Ah, der schöne Mann."

Dominik grinste übers ganze Gesicht. „Und klug, hast du vergessen."

„Aber selbstverständlich", entschuldigte sich Sarah und verbeugte sich dabei.

„Und warum klug?" Samuel konnte solche Albernheiten nicht leiden, zumal die Lage ernst war.

Dominik wies mit seiner linken Hand in eine dunkle Ecke. „Da!", sagte er knapp.

Angestrengt schaute Samuel in die Richtung, in die Dominik zeigte. „Also, ich seh da nix. Alles finster."

„Schau genauer hin. Oder besser noch, kommt mal alle mit." Mit diesen Worten machte sich Dominik auf den Weg in die dunkle Ecke. Als sie näherkamen, sahen sie, dass es keine Ecke war, sondern ein langer Gang. „Für mich sieht das wie ein Gang aus."

„Ein Ausgang!", konstatierte Sarah erleichtert. „Nichts wie raus hier." Schnurstracks flitzte sie an den anderen vorbei und war schon halb in der Dunkelheit verschwunden, als die anderen hinterhereilten. Nach einigen hundert Metern blieb Sarah stehen. „Och, nee", hörte man sie jammern.

Als Paul und die anderen sie erreicht hatten, sahen sie das Problem. Eine große, massive Eisentür versperrte ihnen den Weg. Samuel versuchte einige Male daran zu ziehen, zu rütteln und zu drücken. Die Tür ließ sich jedoch nicht bewegen. Als Paul und sein Vater die Tür näher untersuchten, entdeckten sie eine kleine Vertiefung. Genau in der Mitte der Tür. Dort ließ sich eine kleine Abdeckplatte beiseiteschieben, die eine Buchstabenreihe freigab.

„Ha! Ein Zahlenschloss!", schrie Paul aufgeregt.

Dominik trat näher und murmelte: „Wo hab ich das bloß schon mal gesehen?"

Paul klopfte ihm auf den Rücken: „Na, auf der anderen Seite natürlich. Das Atrium. Erinnerst du dich?"

„Was denn? Meinst du, wir sind hier unter dem alten Rathaus?" Dominik schaute Paul ungläubig an. Er nickte.

„Schau dir mal die Tür genau an, die Nieten, die dicken Platten hier und da. Erinnerst du dich, wie erstaunt ich war, so einen eigenartigen Baustil vorzufinden?"

„Na, fein. Dann brauchen wir jetzt nur noch den Code, um die Tür zu öffnen", stöhnte Sarah. „Habt ihr irgendeine Idee?" Alle schüttelten den Kopf.

Pauls Vater fragte: „Was habt ihr auf der anderen Seite gesehen?" Paul und Dominik beschrieben das alte Kellergewölbe des Stadtarchivs, das Atrium mit seinen Leuchtern und dem auffälligen Deckenmuster. Jedoch half das alles nicht weiter. Pauls Vater untersuchte inzwischen die Tür und den Türrahmen. Der Rahmen war oben halbrund, genau wie der gemauerte Gang, der sie hierher geführt hatte.

Als Dominik sich das so anschaute, meinte er halblaut: „Sieht fast wie der Stolleneingang am Bergwerk aus."

„Du hast recht, Dom", stimmte Paul zu. „Da, wo wir die Eisenschatulle gefunden haben."

Pauls Vater hob den Zeigefinger. „Das könnte ein Hinweis sein. Wenn dieser Tunnel hier eine Nachbildung eines Bergwerkstollens ist, dann gibt es womöglich eine Verbindung."

Samuel versuchte mitzudenken. „Also, wenn ich das richtig sehe, geht es doch die ganze Zeit um die Eisenbahn. Ihr habt erzählt, dass sich in dem geheimen Nebenraum des alten Stollens eine Art Eisenbahngedenkstein befindet. Dann war da dieser Steinsockel mit den Eisenbahnsymbolen. Und schließlich die Eisenschatulle mit den Buchstaben drauf. Nee, halt mal – waren das nicht Zahlen?", rief er aus.

„Richtig", nickte Sarah. „Wir haben herausgefunden, dass es eine Jahreszahl aus römischen Ziffern war. Also, wenn ich nicht irre, waren es vier Stellen. Wie viele Stellen hat das Schloss?"

Paul zählte schnell: „Vier!"

„Okay. Und welche Jahreszahl war das?" Dominik stellte die Frage, die jetzt alle beschäftigte.

Sarah rätselte herum. Sie konnte sich einfach nicht erinnern. Pauls Vater dachte an das Jahr der Erbauung des Tunnels oder des Rathauses. Aber niemand kannte diese Daten.

Samuel fragte: „Gibt es kein bedeutsames Datum mit Bezug zur Eisenbahn? Wie gesagt, alles Eisenbahn und so."

Plötzlich verpasste sich Dominik selbst einen Klapps an den Hinterkopf. „Ich Dussel! Die Zahl auf dem Steinrelief. Die muss es sein. Weißt du noch, Paul? Das Jahr, in dem die Eisenbahnstrecke nach Villstein gebaut wurde."

Paul grübelte. „Sorry, komm nicht drauf."

„1905", antwortete Dominik. „Einziger Haken an der Sache: Ich habe keine Ahnung, wie man das in römischen Zahlen schreibt."

Sarah seufzte. „Ich hab mir das leider auch nicht gemerkt."

„Hier kann ich helfen." Pauls Vater machte sich ans Werk. Er murmelte ein wenig und dachte nach. Er drehte den ersten Buchstaben. Dann trat er einen Schritt zurück, verschränkte die Arme und strich sich über seinen Bart. Und schon drehte er die restlichen Buchstaben an die richtige Stelle.

Dominik las laut vor: „MCMV ... genau, das war es. Ich glaube, ich erinnere mich."

Als Dominik die Türklinke runterdrückte, durchfuhr die Tür ein kräftiger Ruck.

Sofort griff Samuel zu und half dabei, sie zu öffnen. Tatsächlich, die Tür gab nach.

„Sie geht auf!"

Mit lautem Krächzen und Quietschen ließ sich die Tür schließlich in Bewegung setzen. Hier war schon lange niemand mehr durchgegangen. Sie schoben das Regal zur Seite und betraten erleichtert das Atrium. Kurz darauf verließen sie das Rathaus. Es war bereits Abend geworden. Die Sonne tauchte den Villsteiner Marktplatz in malerische Farben.

„Aahhh, Sonne!", rief Sarah erleichtert und breitete die Arme aus, als wollte sie möglichst viele Sonnenstrahlen einfangen.

„Ich finde, wir sind ein tolles Team", bemerkte Samuel stolz und setzte sich auf die Treppenstufen des Rathauses.

A.R.S.
(Artefakt-Rückhol-Schlachtplan)

Kapitel 12

S amuel reckte sich und fragte in die Runde: „Was machen wir jetzt? Das Buch ist weg, die Eisenschatulle auch."

Paul setzte sich neben ihn. „Allerdings besitzen wir den Siegelring und den Schlüssel. Klingt nach einer Pattsituation."

„Schön, dass du wieder so optimistisch bist, Paul. Aber ohne Buch haben wir doch im Grunde verloren", grummelte Dominik.

„Hm, vielleicht aber auch nicht", murmelte Pauls Vater. „Die beiden Männer sind höchstwahrscheinlich nur Handlanger. Sie sollten die Artefakte bergen und vermutlich in die Zentrale der Sektion bringen. Ich bezweifle, dass sie recht bewandert darin sind, Rätsel zu lösen. Wenn das stimmt, haben wir eventuell noch eine kleine Chance."

Alle vier Kinder horchten auf. Erwartungsvoll schauten sie Pauls Vater an.

„Nun, es ist schon Abend. Irgendwo muss der schwarze Mann ja wohnen. Wahrscheinlich übernachtet er in einem der näheren Hotels. Wenn wir herausfinden, in welchem, dann können wir uns das Buch vielleicht zurückholen."

Samuel wandte ein: „Allerdings dürfte das nicht gerade leicht werden. Er wird uns das Buch ja nicht einfach geben."

„Wir brauchen einen Plan!", warf Paul ein.

Samuel stand auf und schaute Paul neugierig an. „Einen Plan? Hast du etwa schon eine Idee?"

Übers ganze Gesicht grinsend, verriet Paul: „Jepp. Und zwar einen A.R.S. – einen Artefakt-Rückhol-Schlachtplan."

Sein Vater hob eine Augenbraue. „Das hat nicht zufällig was mit Mülltonnen und lockeren Türklinken zu tun, oder?"

Paul musste lachen. „Also, bei euch hat's doch funktioniert. Kommt, wir gehen schnell zu uns nach Hause, dort besprechen wir alles. Einverstanden?"

Gespannt auf den mysteriösen Schlachtplan sagten alle zu. Während die Kinder direkt zu Paul nach Hause liefen, holte sein Vater noch das Auto vom Anwesen der Grafschaft Vanbrugg ab. Samuel holte derweil den Schlüssel der Eisenschatulle, um ihn in Markus' Safe zu hinterlegen. In einem eingemauerten Safe schien ihm der Schlüssel nun doch besser aufgehoben zu sein. Bei Steinbachs zu Hause versammelten sich die vier Abenteurer am großen Esstisch.

„Zunächst müssen wir herausfinden, in welchem Hotel der schwarze Mann eingecheckt hat", erklärte Paul.

„Das mach ich." Sarah hob spontan die Hand. „Mein Onkel ist doch Eigentümer des Hotels Forstgut, oben am Waldrand. Er kann das bestimmt herausfinden." Sie schnappte sich das Telefon und verschwand im Nebenzimmer. Inzwischen organisierte Paul mehrere große Zeichenblätter, Stifte, Karteikarten und stellte sein Notebook auf den Tisch.

Schon kam Sarah wieder zur Tür hereingestürzt. „Ihr werdet es nicht glauben. Soeben habe ich von meinem Onkel erfahren, dass ein gewisser Mr. Black bei ihm im Forstgut wohnt."

„Du meinst *black* wie *schwarz?*", fragte Samuel nach. „Na, wenn das kein Zufall ist."

„Gut gemacht, Sarah." Paul nickte ihr anerkennend zu.

Sarah war noch nicht fertig. „Aber es gibt ein kleines Problem. Wie mein Onkel mir mitteilte, will Mr. Black, also der schwarze Mann, noch heute Abend abreisen. Wir haben nur etwa drei Stunden Zeit."

Sofort stürzte sich das ganze Team in die Vorbereitungen. Sie skizzierten das Hotel samt Etagen, Türen, Aufzügen und allem, was Samuel, Sarah und Dominik einfiel. Paul schlug verschiedene Ideen vor und machte eine Menge Notizen. Einige seiner Ideen waren so haarsträubend, dass Samuel und Dominik sich fast kaputtlachten. Etwas später traf auch Pauls Vater ein. Mit zwei Polizisten im Schlepptau. Auf einmal wurde es Paul ganz mulmig zumute.

„Hallo Kinder! Da sich die Situation zuspitzt und wir es mit gefährlichen Leuten zu tun haben, entschloss ich mich dazu, Verstärkung zu organisieren."

Pauls Freunde schien das gar nicht zu stören. Im Gegenteil.

„Hallo Freddy!" Fröhlich sprang Sarah vom Stuhl und umarmte den jüngeren der beiden Polizisten. Offenbar mochte sie eine Menge Leute. „Paul, darf ich vorstellen? Das ist Polizeimeister Frederic Schäfer. Ein ganz lieber Kerl."

„Nenn mich Freddy. Machen hier alle so." Freddy lächelte Paul freundlich an.

Nun trat ein älterer Herr vor. Er war zweifellos nicht halb so sportlich wie Freddy, stellte Paul fest.

„Und das ist sein Kollege, Polizei ... ähm ..."

„Hauptmeister, Polizeihauptmeister Kaiser", kam er Sarah zu Hilfe. Dann wandte er sich an Paul.

„Du bist also der berühmte Lebensretter. Das hast du gut gemacht, Paul."

Sprachlos nickte Paul. Er war noch nie von der Polizei gelobt worden. Das letzte Zusammentreffen mit einem Polizisten war seine Zeugenaussage im Krankenhaus gewesen – wegen der krassen Prügelei, bei der er sich den Arm gebrochen hatte. Das war weniger spaßig gewesen.

„Soo ... Worum geht es denn hier eigentlich?", brummte Herr Kaiser mit tiefer Stimme und stützte sich dabei auf dem Tisch ab. Er beugte sich über die Zeichenblätter und begutachtete die vielen Notizen, beschriebenen Karteikärtchen, Post-its und die Karte mit einer Routenmarkierung. Schließlich erklärte Paul den ganzen Plan. Als Herr Kaiser schließlich eine Strichmännchen-Simulation auf dem Bildschirm nebenan bemerkte, die zeigte, wie einige Männchen in ein Haus liefen und sich aufteilten, schüttelte er den Kopf.

Er schaute auf und räusperte sich „Wenn ich es nicht besser wüsste, könnte man glatt annehmen, hier in einer Operationsbasis von Geheimagenten gelandet zu sein. Wer hat sich diesen Plan ausgedacht?"

Zaghaft meldete sich Paul.

„Der kleine Paul also", murmelte der Polizeihauptmeister.

Kleiner Paul. So hatte ihn schon lange keiner mehr genannt. Gerade wollte Paul sich beschweren, als der Polizist fortfuhr.

„Wie alt bist du? Vielleicht zwölf?", schätzte er. „Also ich muss sagen, das ist wohl der verrückteste Plan, den ich je gehört habe." Stöhnend ließ sich der alte Polizist auf den Stuhl fallen. „Ungeachtet dessen", Paul hielt die Luft an, „könnte das sogar funktionieren."

Puhhh! Jetzt war Paul aber froh. „Gut. Ich will ja nicht drängeln, aber wir müssen schnell machen. Der schwarze Mann wird in einer Stunde abreisen. Und ich habe noch keine Idee, mit welchem Ablenkungsmanöver wir ihn zur richtigen Tür dirigieren."

Alle überlegten fieberhaft.

„Hm ... wenn wir eine große Menschenmenge organisieren könnten, wäre das hilfreich", murmelte Paul.

Plötzlich hellte sich Sarahs Gesicht auf. „Meine Mutter ist doch eine ziemlich bekannte Schriftstellerin. Ihre Lesungen sind stets gut besucht. Außerdem kennt sie eine Menge Leute."

„Glaubst du, sie kann auf die Schnelle was in die Wege leiten?"– „Aber klar. Ich rufe sie eben an." Sarah telefonierte kurz mit ihrer Mutter und reichte das Telefon dann an Paul weiter, der noch einige Details mit ihr klärte.

„Sehr schön", freute sich Paul und murmelte: „In einer dreiviertel Stunde fährt also ihr weißer BMW vor, dann ..."

Pauls Vater hob die Hand, sodass alle still wurden. „Wir sollten uns jetzt vorbereiten, die Zeit wird knapp."

Paul ging den Plan noch einmal im Eiltempo durch und erinnerte jeden an seinen Einsatz. Dann sprangen alle auf und verließen das Haus in verschiedene Richtungen.

„Boah, bin ich gespannt." Paul stand ganz hippelig vor dem Haus, als alle gegangen waren.

„Es wird bestimmt klappen, Paul." Ermutigend klopfte sein Vater ihm auf die Schultern. „Aber das Wichtigste haben wir noch vergessen", mahnte er.

„Hm?" Erschrocken fuhr Paul herum. „Was denn?"

Sie gingen zurück ins Haus und setzten sich ins Wohnzimmer.

„Paul, du hast in den vergangenen Wochen nicht nur einmal erlebt, dass Gott hilft, wenn wir ihn ernstlich darum bitten. Generell geht es aber nicht nur darum, Gott als Wunschautomaten zu benutzen, verstehst du?"

Paul nickte. Er verstand. Schon dreimal hatte Gott ihn beschützt und ihm geholfen. Und gerade bei dieser großen Sache, die nun bevorstand, hatte er überhaupt nicht an ihn gedacht. Glaubte Paul etwa, inzwischen ohne ihn zurechtzukommen? Als er so darüber nachdachte, musste er sich eingestehen, dass er Gott gegenüber unfair war.

„Es gab einmal einen großartigen Komponisten", erzählte sein Vater, „der eine ganz eigene Art hatte, sich selbst und andere daran zu erinnern, dass wir Gott nicht aus den Augen verlieren dürfen. Er schrieb unter alle seine Werke *Soli Deo Gloria*."

„Das war Johann Sebastian Bach, nicht wahr?", wusste Paul.

„Richtig. *Soli Deo Gloria* bedeutet *Gott allein die Ehre*. Es gibt in der Bibel eine ernste Warnung, die uns davor bewahren will, eigennützig zu handeln. Du findest sie in 1. Samuel 2,30. Dort sagt Gott: *Denn die mich ehren, werde auch ich ehren, und die mich verachten, sollen wieder verachtet werden*. Wenn wir also davon ausgehen, dass Gott uns hilft, dann sollten wir ihn von vornherein miteinbeziehen, ihm danken und ihm die Ehre geben, die ihm auch gebührt. Ich denke, das wäre die beste Grundlage für weitere Aktivitäten. Was meinst du?"

Paul hatte zum ersten Mal kein Unbehagen beim Beten. Gern erzählte er Gott jetzt, wie dankbar er war, und erklärte, dass er sich bestimmt nichts auf seine eigenen Leistungen einbilden wollte. Gemeinsam mit seinem Vater legte er Gott die bevorstehende Rettungsaktion des Buches der Wahrheit vor und bat um seinen Segen. Pauls Mutter stand die ganze Zeit in der Küchentür und beobachtete ihre zwei Jungs; in ihrem Herzen betete sie mit. Als Paul sie entdeckte, ging er noch einmal zu ihr und umarmte sie .

„Ach Paul", seufzte sie fröhlich. „Es ist wirklich schön zu sehen, wie du dich in den letzten Wochen verändert hast. Ich glaube, der Ortswechsel tut dir gut. Vor allem freue ich mich, dass du beginnst, Gott ernst zu nehmen. Du hast ihn erlebt. Und ich sage dir: Das ist erst der Anfang."

Paul wurde es ganz warm ums Herz.

Doch schon mahnte Vater mit Blick auf die Uhr, dass sie sofort losfahren müssten, wenn sie die Party nicht verpassen wollten.

Dreißig Minuten später im Hotel Forstgut

Eine große Menschenmenge drängte sich am Haupteingang des Hotels. Der gesamte Eingangsbereich war kurzerhand zu einem VIP-Empfangsbereich umfunktioniert worden. Mit dem roten Teppich und den vergoldeten Absperrseilen fehlten jetzt nur noch die Stars.

Und da kam auch schon das erste Auto, ein roter Ferrari Modena, aus dem ein fescher, junger Mann und eine top durchgestylte, junge Frau ausstiegen. Die Schaulustigen begrüßten die beiden mit tosendem Applaus. Irgendwie hatte es Sarahs Onkel geschafft, ein bekanntes Schauspielerpaar, das derzeit im Hotel wohnte, dazu zu überreden, bei einer kleinen VIP-Party mitzumachen.

Schon kam das nächste Auto, ein weißer 7er BMW. Eine elegante Dame mittleren Alters stieg aus und wurde ebenso fröhlich und applaudierend empfangen. Es war Sarahs Mutter, die als berühmte Bestsellerautorin auftrat und von ihrem Mann, einem nicht weniger bekannten Herzchirurgen, zur Party begleitet wurde.

In den nächsten Minuten kamen noch weitere Autos mit mehr oder weniger bekannten Stars und Scheinstars an. All das sorgte für das nötige Chaos im Hotel. Das perfekte Ablenkungsmanöver für das, was Paul und seine Freunde geplant hatten.

An der Rezeption des Hotels klingelte das Telefon. Der Gast aus Zimmer 313, ein Mr. Black, gab an, dass er unverzüglich abreisen wolle. Die Rezeptionistin informierte den Gast, dass zwei Mitarbeiter kommen und das Gepäck abholen würden.

Samuel und Sarah, die der schwarze Mann noch nicht kannte, hatten sich als Hotelbedienstete verkleidet. In der dritten Etage sollten sie Mr. Blacks Gepäck abholen. Währenddessen bestieg Paul im Keller den Speisenaufzug und fuhr nach oben. Die beiden Hilfsmitarbeiter klopften an die Tür mit der Nummer 313. Sofort öffnete der schwarze Mann die Tür. Er stutzte kurz und kniff die Augen zusammen. Samuel fragte selbstbewusst und mit kräftiger Stimme:

„Mr. Black? Man hat uns mitgeteilt, dass Sie abreisen möchten. Wir kümmern uns um Ihr Gepäck."

So richtig überzeugt hatte Samuel ihn wohl nicht. „Sagt mal, kenne ich euch nicht von irgendwo her?"

„Nein. Das glaube ich nicht", antwortete Samuel. Er begann zu schwitzen. Sarah bekam kein Wort heraus. Sie wurde langsam nervös.

„Seid ihr nicht ein bisschen jung, um als Bedienstete im Hotel zu arbeiten?", fragte der schwarze Mann misstrauisch. Genau in diesem Augenblick klingelte sein Zimmertelefon.

„Moment, ihr zwei!" Er ließ Sarah und Samuel stehen und ging zum Telefon.

„Ob er uns erkannt hat?", flüsterte Sarah Samuel zu.

Samuel schüttelte den Kopf. „Wie denn? Wir sind uns noch nie begegnet."

Am Telefon erfuhr Mr. Black, dass VIP-Besuch angekommen sei und man jetzt alle Hände voll zu tun habe. Man schlug ihm vor, etwas später abzureisen.

„Nein!", schrie er auf einmal ins Telefon. „Das kommt gar nicht infrage! Ich werde jetzt sofort auschecken. Haben Sie verstanden?" Der schwarze Mann eilte zur Tür zurück und fragte noch einmal: „Also, was macht ihr hier?"

Samuel wiederholte: „Wir wurden geschickt, um ..."

Der schwarze Mann unterbrach Samuel schroff:

„Ich will wissen, wieso neuerdings kleine Kinder im Hotelservice arbeiten."

„Also hören Sie mal." Samuel tat entrüstet. „Wir sind doch keine kleinen Kinder mehr. Schon mal was von einem Ferienjob gehört? Wir müssen alle unser Geld verdienen. Ist das etwa so ungewöhnlich?", antwortete Samuel mürrisch und hoffte inständig, dass sie nicht auffliegen würden.

„Hm ...", murmelte der schwarze Mann.

„Also, was ist jetzt?", unterbrach Sarah sein Grübeln. „Sollen wir Ihr Gepäck nun nach unten bringen, oder nicht? Wir haben noch anderen Aufgaben, wissen Sie? Sie sind schließlich nicht der einzige Gast." Sarah hatte sich inzwischen wieder gefangen und all ihren Mut zusammengenommen, um wichtig zu klingen.

„Na schön. Die zwei Reisekoffer." Wortkarg wies er mit seinem Finger auf zwei große Koffer. Sie sahen schwer aus. Daneben stand noch ein kleinerer silberner Aktenkoffer. Der schien Sarah eine bessere Wahl zu sein. Gerade wollte sie danach greifen, als Mr. Black auf sie zusprang.

„Hey! Stopp! Den nehme ich!", herrschte er sie an. „Ich habe euch doch die großen Koffer gezeigt!"

„Ja, ja. Schon gut." Sarah schaute Samuel an. Der nickte kurz. In diesem Aktenkoffer musste sich etwas Wichtiges befinden. Vielleicht das Buch der Wahrheit. Die beiden griffen sich die großen Koffer, die glücklicherweise Rollen besaßen.

Samuels Koffer schien besonders schwer zu sein. Er jappste: „Meine Güte, Ihr Koffer ist aber extrem schwer."

Der schwarze Mann erwiderte nur: „Sei bloß vorsichtig damit", und ging schnell voran.

Auf dem Weg zum Aufzug kritzelte Samuel schnell eine Notiz auf einen kleinen Zettel und ließ ihn fallen. Kaum hatte sich der Personenaufzug mit Samuel, Sarah und Mr. Black in Bewegung gesetzt, öffnete Paul den Speisenaufzug und kroch heraus. Auf dem Weg zum Zimmer 313 bemerkte er Samuels Zettel: „Silberne Aktentasche". Paul nahm sein Walkie-Talkie, funkte die beiden Polizisten an und ging nach unten in die Küche.

Als der schwarze Mann die Rezeption erreicht hatte und gerade dabei war auszuchecken, kamen Polizeihauptmeister Kaiser und sein Kollege Schäfer dazu. Zur Rezeptionistin gewandt sagte Herr Kaiser:

„Guten Abend, Fräulein. Wir wurden informiert, dass hier ein Diebstahl stattgefunden hat. Was können Sie uns darüber berichten?"

Ohne eine Antwort abzuwarten, drängte der schwarze Mann die Dame hinter dem Tresen: „Nun machen Sie schon! Ich muss endlich los."

Langsam drehte sich der Polizeihauptmeister zu dem ungeduldigen Gast im schwarzen Anzug um und fragte: „Haben Sie es vielleicht eilig, Mister?"

„Allerdings, Herr Wachtmeister", antwortete Mr. Black genervt und tippte ungeduldig mit den Fingern auf den Tresen.

„Wachtmeister? Polizeihauptmeister, wenn ich bitten darf", wies ihn Herr Kaiser zurecht. „Wir wurden informiert, dass ein Diebstahl stattgefunden hat. Hier geht jetzt niemand fort. Alle Gäste müssen befragt und das Gepäck muss durchsucht werden", erklärte der Polizist gedehnt.

Das kam dem schwarzen Mann sehr ungelegen und so entgegnete er barsch: „Das kommt überhaupt nicht infrage." Er drehte sich einfach um und schickte sich an, zu gehen.

„Hey! Hiergeblieben!", rief Polizeihauptmeister Kaiser in strengem Ton.

„Ha! Sie können mich mal", erwiderte der schwarze Mann schroff und stieß den alten Polizeihauptmeister aus dem Weg. Das bemerkte sein Kollege Schäfer, der sofort einschritt und sich nicht so einfach umhauen ließ. Nach einem kurzen, aber wilden Gerangel kniete Freddy auf dem Rücken des schwarzen Mannes und legte ihm Handschellen an.

„So, mein Freundchen. Das war's", schnaufte er.

„Sie machen einen großen Fehler, Mann." Mr. Black schäumte vor Wut, während er in einen Nebenraum abgeführt wurde. Samuel und Sarah, die beiden Hilfsmitarbeiter, brachten die beiden großen Reisekoffer sowie den silbernen Aktenkoffer.

„Setzen Sie sich, Mr. Black!", befahl Herr Kaiser und öffnete den ersten Reisekoffer. „So, schauen wir doch mal, was wir da haben. Hemden ... Hosen ... Bücher ... in Ordnung. Nichts Ungewöhnliches hier. Wozu der Aufstand, wenn Sie doch nichts zu verbergen haben?", wunderte er sich. Dann nahm er den zweiten Koffer. Er war so schwer, dass Herr Kaiser Freddys Hilfe brauchte, um ihn auf den Tisch zu heben.

„Meine Güte", stöhnte Herr Kaiser. „Was haben Sie denn hier drin?" Der schwarze Mann schwieg.

Freddy öffnete den Koffer. Wieder Hemden, Unterwäsche und ... etwas Großes. „Ja, was haben wir denn da?"

Freddy und sein Kollege, Herr Kaiser, waren für einen Moment abgelenkt. Das nutzte der schwarze Mann sofort aus. Unbemerkt von den Polizisten hatte er die Handschellen geknackt und sich befreit. Er sprang auf und versetzte Freddy einen harten Schlag, sodass er zu Boden ging. Herr Kaiser wollte eingreifen, doch da hatte der schwarze Mann bereits den silbernen Aktenkoffer ergriffen und zum Schlag ausgeholt.

Er traf den Polizeihauptmeister am Kopf, der taumelte und schließlich umfiel. Der schwarze Mann trat die Zimmertür auf und rannte in Richtung Ausgang.

Freddy rappelte sich wieder auf, nahm sein Funkgerät und rief zerknirscht hinein: „Plan B."

Blitzschnell sorgte der Hoteldirektor für einen großen Menschenauflauf direkt in der Hotellobby, sodass kein Durchkommen mehr möglich war. Dazu holte er all seine Stars und VIP-Gäste herbei und rief eine Sektrunde aus. Als der schwarze Mann die Lobby erreichte, traute er seinen Augen nicht. Da standen vielleicht hundert Leute direkt vor dem Ausgang, unterhielten sich angeregt und fotografierten. Hastig schaute er sich um und suchte einen alternativen Ausweg. Zunächst versuchte er einige Türen zu öffnen, die in der Nähe waren. Doch sie waren alle verschlossen. Schließlich wollte er umkehren. Doch da kamen ihm die beiden Polizisten entgegen. Er bemerkte, dass er gerade vor der Küchentür stand. Ohne lang zu überlegen, stieß er die Tür auf und bahnte sich einen Weg durch die Hotelküche. Dabei rempelte er nahezu jeden Koch und Küchenhelfer an, der im Weg stand. Gerade hatte er den hinteren Teil der Küche erreicht, als Paul, der sich in der Küche versteckt hatte, rief:

„Jetzt!"

Urplötzlich kam ein Küchenhelfer mit einem großen Topf voller Öl angetaumelt und schrie: „Achtung!"

Zu spät! Er prallte direkt mit dem schwarzen Mann zusammen. Beide fielen hin, und das Öl ergoss sich über die beiden Männer.

„Aah! Sie unfähiger Mistkerl!", schimpfte der schwarze Mann und versuchte, schnell wieder aufzustehen. Doch das gelang nicht so einfach. Alles war total glitschig. Da kamen zwei weitere Helfer herbei, die ihm aufhelfen wollten. Das taten sie offenkundig so ungeschickt, dass der schwarze Mann kaum noch seinen Aktenkoffer festhalten konnte. Mühsam hatte er sich aufgerappelt, da rutschte einer der Helfer aus und knallte an den zweiten, der wiederum den schwarzen Mann mitriss. Dabei schlug die Hand mit dem Koffer an den Müllschlucker.

Just in diesem Augenblick öffnete ihn jemand, und der Koffer fiel hinein. Wortlos schaute der ölige schwarze Mann in den dunklen Schlund.

„Ihr Idioten!", schimpfte er, riss sich los und schnappte sich einen der Küchenhelfer. Drohend brüllte er ihn an: „Wo führt dieser Schacht hin?"

Der verängstigte Küchenhelfer stotterte: „In dddden Keller ... zzzur Müllsammelanlage."

In diesem Moment tauchten die Polizisten in der Küche auf und riefen: „Hey, Sie! Bleiben Sie stehen!"

Der schwarze Mann stieß den armen Kerl zurück und rannte ruschend in Richtung Hinterausgang der Küche.

Die Hintertür führte zu einem kleinen Treppenhaus. Er hastete nach unten, stieß die Kellertür auf und rannte hinein. Völlig außer Atem und vor Öl triefend durchwühlte er die Müllcontainer. Plötzlich schimmerte etwas hervor. Ein silberner Aktenkoffer.

Erleichtert griff der Mann nach dem Koffer und verließ überstürzt das Hotel. Samuel und Sarah verließen das Gebäude auch gerade, als der schwarze Mann sie fast über den Haufen gerannt hätte.

„Der Koffer!", rief Sarah. Schnell rannten sie ihm noch ein Stück hinterher, konnten ihn aber nicht mehr einholen. Er sprang in sein Auto und raste davon.

„Oh nein!", rief Sarah. „Jetzt hat er doch noch den Koffer mitgenommen. Nun war alles umsonst." Missmutig ließ sie den Kopf hängen und setzte sich frustriert auf den Bordstein des Parkplatzes. Vom Hotel her hörte man, dass der Sektempfang noch immer in vollem Gange war.

Samuel versuchte sie zu trösten: „Hey, Kopf hoch, Sarah. Wir haben unser Bestes gegeben. Schließlich sind wir keine Spezialeinheit. Letztlich kann man es nur versuchen." Aber auch er war ziemlich am Boden, als Dominik und Paul gemütlich angeschlendert kamen.

Paul fragte grinsend: „Na, ihr beiden? Was ist denn mit euch los?"

„Wir ... wir haben versagt", murmelte Samuel zerknirscht.

Sarah begann zu weinen: „Es tut mir leid, Paul. Aber der schwarze Mann ist leider entkommen. Mit dem Aktenkoffer."

„Hm ...", murmelte Paul. „Das wäre natürlich sehr schade."

„Was redest du da?" Irritiert schaute Samuel Paul an.

„Dom, hol doch bitte mal unser Überraschungspaket", bat er seinen Freund, der kurz darauf einen abgedeckten Handwagen ankarrte. Pauls Augen glitzerten, als er die Hand an die Abdeckung legte und feierlich sagte: „Tadaa! Der Koffer!" Schwungvoll zog er die Abdeckung weg. Da lag er, der ölverschmierte, silberne Aktenkoffer.

„Aber ... wie ... hast du ..." Sarah konnte es gar nicht fassen.

Paul erzählte von seiner Idee, in der Küche einen scheinbar zufälligen Unfall durchzuführen, sodass der Koffer im Müllschlucker landen würde. Anschließend sollte Dominik ihn durch ein ähnliches Modell im Müllcontainer austauschen. Der schwarze Mann hatte die kleinen Unterschiede in der Hektik gar nicht bemerkt. So kam es, dass er den falschen Koffer genommen hatte und davongefahren war.

Samuel grinste: „Paul, unser kleiner Trickser. Krass, Mann."

Dominik freute sich, dass er die wichtige Aufgabe bekommen hatte, den Koffer auszutauschen und mit Öl zu beschmieren.

„Ich finde, das war ein toller Plan. Aber jetzt sollten wir unseren Fund erst einmal reinbringen. Freddy muss uns bei dem Koffer helfen. Wir wissen ja noch nicht einmal, ob das Buch drin ist." So richtig überzeugt war Sarah noch nicht.

„Die Wahrscheinlichkeit ist aber ziemlich hoch", erklärte Paul. „Warum hätte unser Mr. Black sonst so ein Aufhebens darum gemacht?"

Nachdem der Hoteldirektor das fingierte VIP-Treffen aufgelöst hatte, versammelten sich Paul, Samuel, Sarah, Dominik, Sarahs Eltern und ihr Onkel in einem der Nebenräume des

Hotels. Pauls Vater kam mit den beiden Polizisten soeben dazu. Und auch der alte Bürgermeister, Herr Müller, Dominiks Nachbar, wollte es sich nicht nehmen lassen, zu erfahren, welchem Geheimnis sie in seiner Stadt auf der Spur waren. Obwohl Herr Müller nicht mehr im Amt war, schien er noch immer über alles Bescheid zu wissen, was in Villstein vor sich ging, und so wunderte sich niemand, ihn hier anzutreffen.

„Und in diesem Koffer ist das Diebesgut?", fragte Polizeihauptmeister Kaiser.

„Jawoll, Sir", vermeldete Dominik und salutierte dabei, frech grinsend. „Na ja, jedenfalls vermuten wir das."

Freddy machte sich daran, das Schloss des Koffers zu knacken – quasi offiziell. „Und das ist jetzt der große Moment." Langsam öffnete er den Deckel des silbernen Aktenkoffers.

Andächtige Stille. Auf einmal waren viele „Ohs" und „Ahs" zu hören.

„Meine sehr verehrten Damen und Herren: das Buch der Wahrheit!", sagte Pauls Vater feierlich.

„Das ist also das sagenumwobene erste Testament, von dem Sie uns berichtet haben?", fragte Herr Kaiser und runzelte die Stirn. „Es sieht verschlossen aus."

Pauls Vater hatte den Siegelring und den Schlüssel mitgebracht. Paul durfte den Siegelring auf der Rückseite des Buches einsetzen – er rastete fest ein. Samuel steckte den Schlüssel auf der Vorderseite des Buches ins Schloss und drehte ihn vorsichtig. Dabei war ein kratzendes Geräusch zu hören. Dann machte es *klack,* und das Schloss schnappte auf.

Hocherfreut sprang Paul in die Luft: „Juhu, das Buch lässt sich öffnen!" Alle jubelten und klatschen in die Hände.

Pauls Vater konnte sich die Tränen diesmal nicht verkneifen. Jetzt war das Buch der Wahrheit endlich in Sicherheit.

Sie hatten das erste Testament gerettet. Ein Traum war in Erfüllung gegangen. „Endlich!", flüsterte er. Behutsam öffnete er das Buch. Jetzt waren alle Augen auf ihn gerichtet.

Das Buch entpuppte sich als eine Art Kiste, die nur von außen wie ein normales Buch aussah. In der Kiste befanden sich mehrere Dokumente, verschiedene Büchlein und eine Schriftrolle, die ziemlich alt aussah. Die Schriftrolle war durch ein Siegel gesichert.

„Das ist doch ein Siegel des Ordens der Archivare." stellte Paul erstaunt fest. „Los, Paps, öffne es. Ich platze bald vor Spannung."

Vorsichtig brach Pauls Vater das Siegel. Alle hielten den Atem an. Neugierig fragte Dominik: „Und? Was steht drin?"

Pauls Vater murmelte: „Hier befindet sich eine Art Einleitung, sie ist in lateinischer Sprache geschrieben. Ich übersetze die Inschrift einmal:

„Jesus spricht:
,Ich bin der Weg und die Wahrheit und das Leben.
Niemand kommt zum Vater als nur durch mich.'
Johannes 14, 6

Wer das Buch der Wahrheit entdeckt, begibt sich auf eine große Reise, zu verändern die Welt. Wir leben in unruhigen Zeiten. Niemand ist mehr sicher, auch nicht die Geschichte. Menschen vergessen schnell. Die Welt versinkt im Chaos."

„Uff", stöhnte Sarah und ließ sich auf einen Stuhl fallen. „Was haben wir denn da gefunden?"

Auch Herr Müller setzte eine besorgte Miene auf: „Das klingt aber gar nicht gut."

Pauls Vater schaute nachdenklich in die Runde und fuhr fort:

„Wir schützten das Vermächtnis mit unserem Leben. Viele Jahre lang sammelte und archivierte der Orden Dokumente und wichtige Artefakte. Damit können wir beweisen: Die althebräische Geschichte des Volkes Israel und des Maschiach ist Wahrheit.

Vieles wurde zerstört. Der teuflische Kaiser Nero verfolgt uns und tötet uns, wo er nur kann. Der Orden der Archivare beschloss, die wahre Historie zu schützen. Nach sorgfältiger Prüfung wurden sechs Eisenschatullen in verschiedene Teile der Welt gesandt. Durch Kuriere, die mit ihrem Leben dafür einstehen sollten. Sie beweisen die Wahrheit des einen Gottes JHWH und seines Sohnes Jeshua.

Ich kann mehr nicht schreiben. Wir werden angegriffen. Hier, im letzten verbliebenen Archiv unseres Ordens.
Das ist unser Vermächtnis. Wer diese Schatullen findet, kann damit die Wahrheit der Heiligen Schriften des Gottes Israels beweisen. Er kann die Welt verändern. Möge Gott uns Gnade schenken und seine Geschichte bewahren.

Paphos, 64 A. D."

„Wow", entfuhr es Sarah.

„Sekunde mal", unterbrach Samuel. „Entweder, die konnten damals nicht bis sieben zählen, oder ich hab nicht richtig zugehört. Ich dachte, es geht um sieben Testamente. Warum ist denn nur von sechs Schatullen die Rede?"

Pauls Vater verschränkte die Arme und kratzte seinen Bart.

„Ah, dein Vater denkt wieder", stubste Dominik Paul an.

„Tut mir leid, Leute. So spontan fällt mir dazu auch nichts ein. Aber das hat sicher etwas zu bedeuten."

„Sagt mal, war die Eisenschatulle, die wir im Bergwerk gefunden haben, dann eine dieser Schatullen?", fragte Dominik.

Langsam schüttelte Pauls Vater den Kopf. „Nein, das ist ausgeschlossen. Diese Schatulle war eindeutig neueren Datums. Erinnert ihr euch an die winzigen Buchstaben, die als Tasten dienten? Das ist Feinmechanik. Unmöglich zur damaligen Zeit. Da schaut, 64 A. D. steht hier. Also im Jahr 64 nach Christus, wie wir sagen würden."

Sarah überlegte: „Wir vermuten doch, dass der alte Graf die Schatulle versteckt hatte. Wenn er schon das Buch der Wahrheit, also das erste Testament, gefunden hatte, musste er auch eine der sechs Schatullen gefunden haben. Möglicherweise ließ er eine Nachbildung anfertigen – in Erinnerung an die ursprüngliche Eisenschatulle."

Pauls Vater nickte. „Ja, das wäre möglich. Immerhin wäre die Originaleschatulle fast zweitausend Jahre alt gewesen."

„Können Sie noch mehr entziffern?" Neugierig meldete sich Herr Müller zu Wort.

„Einen Moment, bitte. Hier steht ...:

supplementum
Das Wort Gottes ist lebendig und wirksam.
Es ist schärfer als das schärfste zweischneidige Schwert.

Italien, 85 A. D.
Auf deiner Reise vergiss nicht Wahrheit und Schwert."

Pauls Vater schaute wieder auf, in viele fragende Gesichter und bemühte sich um eine Erklärung. „Das ist alles, was in der Schriftrolle geschrieben steht. Wenn diese Schriftrolle eine Art Einleitung oder Vorwort zum Rest des Buches ist, müssen wir die übrigen Dokumente genauer anschauen."

Inzwischen hatte sich Dominik schon eines der Büchlein herausgefischt und blätterte darin. „Och menno. Da steht nur Kauderwelsch drin."

„Zeig mal her." Pauls Vater nahm das Büchlein und runzelte die Stirn.

Der Hoteldirektor, Sarahs Onkel, bemerkte Markus' Zögern.

„Alles in Ordnung, Herr Steinbach?"

„Ich weiß nicht recht. Das andere kann ich nicht lesen. Es ergibt keinen Sinn. Allem Anschein nach sind die weiteren Inhalte verschlüsselt worden."

„Der Dechiffrierer!", fiel Paul ein. „Die Papierrolle, die wir im Kunstmuseum gefunden haben. Du sagtest doch, dass sie einen unbekannten Text entschlüsseln könnte."

Pauls Vater wurde ganz aufgeregt. „Du hast recht, Paul. Das könnte es sein. Ich wusste doch, dass wir sie noch brauchen würden." Er holte seine Aktentasche und nahm die antike Transporthülse heraus. Als er die alte, reich verzierte Papierrolle entnahm, bekamen alle große Augen.

„Das sieht alt aus", meinte Sarahs Mutter.

„Und wichtig", fügte Sarah an. „Immerhin soll es das Buch der Wahrheit entschlüsseln. Ich platze fast vor Neugier."

Vorsichtig legte Pauls Vater das Blatt neben das alte Buch. Er holte einen Notizblock und einen Bleistift. Dann begann er zu kritzeln, zu schreiben und durchzustreichen. Zwischendurch huschten seine Augen immer wieder vom Buch zum Dechiffrierer. „Das kann jetzt eine Weile dauern ...", murmelte Pauls Vater, vertieft in die Dokumente.

„Vielleicht kann ich helfen", bot Samuel sich an. „Mit Codes und Verschlüsselung kenn ich mich vom Computer her aus."

„Ja, das ist eine gute Idee. Die Prinzipien sind im Grunde dieselben – egal, ob digital oder analog. Also los!"

Sarahs Onkel nutzte die Gelegenheit, die ganze Gesellschaft zu einer Runde Freigetränke einzuladen. Fasziniert begann Samuel, mit Pauls Vater den Text zu entschlüsseln. Nach einer gefühlten Ewigkeit schrie Pauls Vater laut aus: „Heureka!"

Ganz aufgeregt kamen alle wieder ins Zimmer gestürzt und bedrängten die beiden Rätselexperten. „Na los doch, erzählt schon. Was steht in dem Buch?"

Paul huschte um den Tisch herum, als sein Blick auf einen dicht beschriebenen Zettel fiel. Stirnrunzelnd beäugte er das Gekritzel.

„Was ist das für eine Liste?"

Pauls Vater strahlte übers ganze Gesicht. „Samuel, möchtest du?"

„Liebend gern. Sehr verehrte Anwesende", er machte eine dramatische Pause, „es ist mir eine große Ehre." Er nahm den Notizzettel mit der Liste und fuhr fort: „Wir wissen jetzt, welchen Zweck das Buch der Wahrheit hat. Und wir fanden den Hinweis auf einen *Hort des Wissens.*"

„Den WAS?" Dominik runzelte die Stirn.

„Wir vermuten, dass es ein Hinweis für einen ganz bestimmten Ort ist. Und dieser Zettel", Samuel hielt seinen Notizzettel hoch, „ist ein Verzeichnis. Eine Art Katalog, wenn man so will."

„Und wofür?" Sarah hob die Augenbrauen.

Flüsternd erklärte Pauls Vater: „Für das Vermächtnis der Archivare."

„Du meinst, die ...", platzte es aus Dominik heraus.

„Pssst!", Pauls Vater legte schnell einen Finger auf Dominiks Mund. „Das darf niemand erfahren! Noch nicht." Dominik nickte stumm.

Andächtig sprach Pauls Vater weiter. „Anfangs hatte ich mich gewundert, dass Buch, Siegelring und Schlüssel allesamt in Villstein verteilt versteckt waren. Denn zunächst einmal bedeutet es, dass der Besitzer schon mit dem Buch arbeiten konnte. Und so wie es aussieht, stand er kurz davor, das Geheimnis der sieben Testamente zu lüften. Doch plötzlich verschwand er. Hier im Buch fanden sich einige handschriftliche Notizen, die an ein Tagebuch erinnern. Der Besitzer – Graf Vanbrugg – wurde fälscherweise des Mordes beschuldigt. Damit begann eine Hetzjagd auf ihn und seine Familie. Man verübte wohl sogar einen Anschlag auf ihn."

„Ach, deshalb ist die Villa eine Ruine", folgerte Sarah. „Damals hat man sie wohl in Brand gesteckt."

Herr Müller nickte leicht. „Das wäre natürlich eine Erklärung. Ich habe schon viele Geschichten über die Grafschaft gehört. Manches grenzt an Legenden."

Jetzt legte Samuel nach. „Als der Letzte der Archivare war es seine Pflicht, die Testamente in Sicherheit zu bringen. Dieses

Buch der Wahrheit enthält Schriften von allen vorherigen Hütern des Buches der Wahrheit. Der alte Graf war vorsichtig geworden. Er wollte um jeden Preis verhindern, dass die Testamente in falsche Hände gerieten. Deshalb verschlüsselte er sämtliche Hinweise und hinterließ mehrere Rätsel."

Paul zählte eins und eins zusammen. „Dann ist dieses Buch eine Art Schatzkarte zu den anderen Testamenten?"

„Nun ja, Schatzkarte würde ich es nicht nennen." Pauls Vater suchte nach dem richtigen Wort. „Vielleicht könnte man es als Anleitung bezeichnen."

„Anleitung wofür?"

„Für den Hort des Wissens", warf Samuel ein.

Pauls Vater ergänzte, „Wir nehmen an, dass damit die geheime Höhle des Grafen gemeint ist. Die Testamente liegen natürlich nicht einfach in den Regalen herum, sodass sie jeder mitnehmen könnte. Der Graf schreibt, dass sich überall nur Hinweise auf den Verbleib der Testamente befinden."

„Klingt fast nach einer Schnitzeljagd", merkte Dominik an.

„Ja, könnte man sagen. Genau deshalb ist dieses Buch so wichtig. Ohne dieses Buch können wir das Puzzle nicht zusammensetzen. Das Buch führt uns durch die Höhle, die wiederum aufzeigt, wo die Testamente zu finden sind."

„Meine Güte." Sarah stieß einen langen Luftstoß aus. „Das klingt nach einer Menge Arbeit."

„Und mindestens sechs weiteren Abenteuern", ergänzte Paul freudestrahlend.

Und wie sieht dein *Buch der Wahrheit* aus?
Lass deiner Fantasie freien Lauf. Wenn du magst, sende uns
dein Bild ein und wir veröffentlichen es auf unserer Website.
Weitere Infos auf Seite 190.

Zum Nachlesen ...

Verzeichnis der im Buch genannten Bibelstellen:

Auf Seite 48/49 erfährst du etwas über Gottes Art. Wie sieht er uns Menschen?
Bibelstelle, Jeremia 29,11:
> *Denn ich kenne ja die Gedanken, die ich über euch denke, spricht der HERR7, Gedanken des Friedens und nicht zum Unheil, um euch Zukunft und Hoffnung zu gewähren.*

Auf Seite 85 ist von Wahrheit die Rede.
Bibelstelle, Johannes 14,6:
> *Jesus spricht: Ich bin der Weg und die Wahrheit und das Leben. Niemand kommt zum Vater als nur durch mich.*

Auf Seite 94 erfahren wir etwas über fleißige Ameisen.
Bibelstelle, Sprüche 6,6-8:
> *Geh hin zur Ameise, du Fauler, sieh ihre Wege an und werde weise! Sie, die keinen Anführer, Aufseher und Gebieter hat, sie bereitet im Sommer ihr Brot, sammelt in der Ernte ihre Nahrung.*

Auf Seite 144 lernst du etwas über Demut.
Bibelstelle, Sprüche 2,1-5:
> *Mein Sohn, wenn du meine Reden annimmst und meine Gebote bei dir verwahrst, indem du der Weisheit dein Ohr leihst, dein Herz dem Verständnis zuwendest, ja, wenn du den Verstand anrufst, zum Verständnis erhebst deine Stimme, wenn du es suchst wie Silber und wie Schätzen ihm nachspürst, dann wirst du verstehen die Furcht des HERRN und die Erkenntnis Gottes gewinnen.*

Auf Seite 160 siehst du, was Liebe ist.
Bibelstelle, Johannes 15,13:
> *Größere Liebe hat niemand als die, dass er sein Leben hingibt für seine Freunde.*

Zum Nachforschen ...

Tipps und Wissenswertes:

Stadt Villstein
Die im Buch beschriebene Stadt Villstein ist frei erfunden, allerdings gibt es dort eine Menge zu entdecken. Einige Informationen findest du bereits in diesem Buch.
Hier gibt es noch mehr: www.testament7.de/villstein

Geschichte des Bergbaus
Schon frühzeitig schürften Menschen nach Gold und anderen wertvollen Erzen und gruben immer tiefere Höhlen, bis schließlich ganze Bergwerke entstanden.
Mehr unter: www.testament7.de/geschichte/bergbau

Geschichte der Eisenbahn
In Deutschland begann die Geschichte der Eisenbahn ungefähr im Jahre 1828 mit ersten Ideen und kleineren Versuchen. Bereits 1835 wurde mit der ersten offiziellen Verbindungsstrecke zwischen Nürnberg und Fürth der Grundstein des heutigen weit verzweigten deutschen Eisenbahnnetzes gelegt.
Mehr unter: www.testament7.de/geschichte/eisenbahn

Uhr als Kompass?
Stell dir vor, du hast dich verlaufen. Dein Handy hat keinen Empfang, und hast nur eine grobe Ahnung, in welche Himmelsrichtung du laufen müsstest. Aber ohne Kompass?
Hier erfährst du mehr: www.testament7.de/tipps/kompass

Das Abenteuer hat begonnen!

Das Team rund um Paul, Dominik, Sarah und Samuel ist gerade erst auf die Legende der sieben Testamente gestoßen. Wenn du wissen möchtest, wie und wann es weitergeht, dann laden wir dich gern ein, auf unserer Website ein wenig zu schmökern. Dort findest du Informationen rund um unser Team, die Stadt Villstein und viele weitere interessante Themen.
Übrigens kannst du dort auch dein persönliches Buch der Wahrheit einsenden.

Vielen Dank fürs Lesen und bis bald! ;)

Im Internet findest du uns unter:
www.testament7.de

Oder du scannst den folgenden QR-Code
mit deinem Smartphone ein:

Platz für deine Notizen ...